O BANDIDO DE
um mundo
vermelho

OBRAS DOS AUTORES PUBLICADAS PELA RECORD

Série **Duda, Jacaré & Cia:**

*As rapaduras são eternas
O monstro da lagoa de Abaeté
Nos bastidores da TV
O bandido de um mundo vermelho*

DUDA,
JACARÉ
& CIA.

O BANDIDO DE
um mundo
vermelho

1ª edição

CARLOS HEITOR CONY

ANNA LEE

galera
RECORD

Rio de Janeiro | 2013

Para Luma, que tanto me ensinou sobre amor.
Anna Lee

	CIP-BRASIL. CATALOGAÇÃO NA PUBLICAÇÃO SINDICATO NACIONAL DOS EDITORES DE LIVROS, RJ
L784b	Cony, Carlos Heitor, 1926- O bandido de um mundo vermelho / Carlos Heitor Cony, Anna Lee. – 1. ed. – Rio de Janeiro: Galera Record, 2013.

ISBN 978-85-01-40525-8

1. Ficção infantojuvenil brasileira. I. Lee, Anna, 1966-. II. Título.

13-02741   CDD: 028.5
                                                                                             CDU: 087.5

Copyright © 2013 Carlos Heitor Cony e Anna Lee

Texto revisado segundo o novo Acordo Ortográfico da Língua Portuguesa.

Todos os direitos reservados. Proibida a reprodução, no todo ou em parte, através de quaisquer meios. Os direitos morais do autor foram assegurados.

Composição de miolo: Abreu's System

Direitos exclusivos de publicação em língua portuguesa somente para o Brasil adquiridos pela
EDITORA RECORD LTDA.
Rua Argentina, 171 – Rio de Janeiro, RJ – 20921-380 – Tel: 2585-2000, que se reserva a propriedade literária desta tradução.

Impresso no Brasil

ISBN: 978-85-01-40525-8

Seja um leitor preferencial Record.
Cadastre-se e receba informações sobre nossos lançamentos e nossas promoções.

Atendimento e venda direta ao leitor:
mdireto@record.com.br ou (21) 2585-2002.

— Vocês são ciganos? A Kombi transportando um mundão de galinhas seguia rapidamente pela estrada Rio-Santos. O motorista, um homem gordo e suado, de bigodinho fino, pisava com força no acelerador, fazendo com que o veículo sacolejasse perigosamente em cada curva. O ajudante dele, um garoto moreno, magrinho e com cara de esperto, agarrava-se com as mãos na alça do painel. Ele sentia uma pontada, uma coisa fria no estômago, toda vez que o carro ameaçava derrapar.

Na parte traseira da Kombi, entre caixotes cheios de galinhas que faziam barulho, Duda, Beta e Joca estavam se divertindo com as loucuras daquela viagem. Haviam pedido carona no final da avenida das Américas, depois do bairro do Recreio, onde a pista fica mais estreita. Queriam ir para Angra dos Reis e, depois de levarem muitos foras de vários motoristas, finalmente encontraram aquele homem, que topou parar no acostamento e mandou que eles subissem. E aquela viagem no meio das galinhas, numa velocidade incrível, estava trazendo uma emoção inesperada para inaugurar uma temporada de aventuras. Era o início de umas férias que se anunciavam boas: eles pretendiam fazer caça submarina em Angra. A ideia tinha sido de Beta, que convencera Duda a pedir emprestado a uns amigos o material necessário para o esporte.

— Vocês são ciganos? — O motorista repetiu a pergunta, aumentando o volume de sua voz.

Duda sorriu:

— Nada a ver. Só porque a gente estava pedindo carona na estrada?

— Pra mim quem anda a pé pela estrada, sem eira nem beira, é cigano — falou o motorista com a convicção de quem dava uma sentença definitiva.

Beta tentou explicar ao homem que aquela era uma visão simplista sobre os ciganos, que este é um povo muito antigo, que tem uma cultura bastante especial, mas Duda fez sinal para que ela se calasse. Afinal, pouco importava o que o motorista pensava sobre os ciganos, e muito menos se achava que eles faziam parte de algum bando. Não tinham satisfação a lhe dar. Seus pais sabiam que estavam ali, o que estranhos tinham a ver com isso? Além do mais, não queriam iniciar as férias com um bate-boca que não ia levar a lugar algum.

Depois de passarem por dentro de Santa Cruz, chegarem à avenida Brasil e pegarem o primeiro retorno, estavam quase na altura do trevo da BR-101, que, na sua direção sul, os conduziria a Angra. Acabavam de fazer a primeira curva da Rio-Santos, a estrada famosa da música de antigamente que o Tio Aníbal, do episódio *As rapaduras são eternas*, gostava de cantarolar:

— Beta, lembra que o Tio Aníbal cantava: "*Eu prefiro as curvas/ Da estrada de Santos/ Onde eu tento esquecer/ Um amor que eu tive/ E vi pelo espelho,/ Na distância se perder,/ Mas se o amor que eu perdi,/ Eu novamente encontrar.../ As curvas se acabam/ E na estrada de Santos/ Não vou mais passar/ Não! Não vou mais passar...*" Esta é a tal estrada de Santos...

— Nossa, Duda! Quanta cultura inútil! E ainda conseguiu decorar essa letra cafona!

— Hum... que nada, você devia agradecer por ter um namorado inteligente e romântico... Se um dia a gente se perder um do outro na vida, se você me abandonar, vou cantar esta música até que volte pra mim...

— Ahh... Você é meu lindo... Nunca vou te abandonar... — derreteu-se Beta para o namorado dando-lhe um beijo.

— Ei! Querem parar com esta conversa fiada e ficar quietos?! Fiz o favor de dar carona pra vocês e vão acabar me complicando a vida... É a Polícia Rodoviária. Fiscalização — disse o motorista um pouco irritado.

Duda e Beta olharam através da janela e viram um guarda fazendo sinal para que parassem. Era um homem alto, com um quepe preto que tinha um distintivo enorme e brilhante na frente, o que fazia com que ele parecesse extremamente importante. O policial aproximou-se do carro:

— Seus documentos, por favor.

O motorista pegou uma velha carteira, que estava no para-sol, e, depois, começou a catar uma porção de papéis no porta-luvas, entregando-os ao guarda, que os examinava atentamente, procurando uma falha qualquer para aplicar uma multa. Por um milagre qualquer, já que tudo naquela Kombi parecia errado — a começar pelas caixas de madeiras abarrotadas de galinhas e amontoadas umas em cima das outras, que sacolejavam a cada curva —, o policial decretou que nada havia de irregular nem com o carro nem com o motorista e sua carga. Mas, com certa indiferença, perguntou:

— E os garotos? São menores?

— Eu tenho 15 anos e ela também — respondeu Duda. — Temos autorização de nossos pais para viajar.

Os dois remexeram em suas mochilas e mostraram as autorizações. Um fato, no entanto, perturbava Duda: Joca sumira. Simplesmente isso: sumira. Na parte traseira do veículo, onde devia estar o amigo, ninguém se manifestava. Só as galinhas, que pareciam exaltadas e cacarejavam nervosas.

— Eduardo Antônio Mendes, filho de Álvaro e Antônia Mendes... tá ok. O da mocinha também. Pra onde vocês vão?

— Pra Angra — respondeu Duda, que continuava intrigado com o desaparecimento de Joca.

O guarda afastou-se do carro e falou com certa solenidade:

— Então boa viagem. Podem ir.

O motorista pisou novamente no acelerador, as galinhas chacoalharam com a arrancada, e a Kombi voltou a correr pela estrada. Tão logo o guarda sumiu do espelhinho retrovisor, a velocidade subiu para 100 quilômetros por hora; o homem parecia gostar do bom e velho *fé em deus e pé na tábua*. Foi justo nessa hora que Duda o chamou:

— Chefe! Houve um problema. Acho bom dar uma paradinha pra gente ver se descobre o Joca.

— Descobre o quê? — perguntou o homem um pouco assustado.

— O Joca. O outro garoto que viajava com a gente. Ele sumiu. Não consigo imaginar o que possa ter acontecido.

— Nem precisa imaginar! — Uma voz abafada veio lá de trás do carro.

E Joca surgiu coberto de penas de galinha por todo o corpo, da cabeça aos pés. Estivera deitado entre os caixotes, e as galinhas se esbaldaram em cima dele. O garoto tinha uma expressão assustada, mas, ao mesmo tempo, maliciosa. Duda e Beta perceberam que ele escondia alguma coisa.

— Fala logo, Joca, deixa de mistério pro nosso lado!

— É melhor eu não falar — disse Joca, aumentando o segredo. — Vocês vão se meter em apuros se souberem de tudo...

Como sempre, Joca parecia estar inventando mais uma de suas histórias misteriosas. Duda e Beta já o conheciam e sabiam que mais cedo ou mais tarde ele daria o serviço. O motorista, porém, prestara atenção à conversa e ficara preocupado com o que ouvira.

— Vocês estão arranjando confusão pro meu lado! Olha que essa história de dar carona a menor de idade pode dar um rolo dos diabos. Não quero galho não!

— Fique descansado, ô chefe! — tranquilizou-o Duda. — Aqui só tem gente do bem. Meu pai é gerente de banco...

— Subgerente — corrigiu Beta.

— Dá no mesmo. No ano que vem ele vai ser promovido... Até já recebeu o comunicado...

Mesmo assim, Duda amarrou a cara. Não gostava que Beta o desmentisse na frente de estranhos. Ela também mentia muito, principalmente quando aumentava a idade para tirar onda. E ele aguentava firme, para não desmoralizá-la, o que às vezes não era fácil, pois Beta gostava de se exibir justamente diante de pessoas mais velhas, que naturalmente sabiam que ela estava mentindo.

E mais uma vez ele preferiu ficar calado, para não arranjar problema com o motorista, que poderia se encrespar e deixá-los na estrada. Resolveu, então, mudar o rumo da conversa e se dirigiu ao rapaz que fazia as vezes de copiloto:

— Você conhece alguém que alugue um barco em Angra? Um barco pra gente?

— Conheço, sim. O cunhado do Seu Edilson — respondeu o rapaz, apontando para o motorista. — O nome dele é Marcos, todo mundo conhece o Seu Marcos em Angra. É pescador, tem uma canoa muito boa, com um motor Penta daqueles. Sabe como é, o Penta é um motor de força, muita força, mas anda sempre devagar, e devagar ele vai longe.

— E onde a gente encontra esse Seu Marcos?

— Ele está sempre na Prainha, lá para o fim da tarde, depois da pescaria, consertando as redes ou de prosa com os outros pescadores...

— Nós precisamos de alguém que nos indique onde estão os melhores pesqueiros da região.

— Ele é o cara certo! — intrometeu-se na conversa o motorista. — Tem mais de trinta anos de prática, conhece tudo em Angra. Procurem o Marcos, digam que vieram comigo que ele faz um preço camarada.

— Ainda bem. Trouxemos pouco dinheiro — falou Beta.

Duda conhecia muito bem a namorada. Sabia que ela não perdia a oportunidade de pechinchar, pedir desconto nos preços — e muitas vezes conseguia as coisas só na lábia. Por isso mesmo, ela ficara encarregada das finanças, tinha jeito para negócios. E o dinheiro na mão dela sempre rendia, dava para o cinema, para os lanches, para o ônibus — e às vezes ainda sobrava.

O motorista começava a diminuir a velocidade, agora que se aproximavam da zona urbana de Angra e viam-se casas margeando a estrada.

De repente, surgiu um ruído na parte de baixo do carro, cada vez mais intenso. Joca, que conhece um pouco de mecânica, murmurou para Duda:

— Essa joça vai quebrar!

Duda ia dizer qualquer coisa, mas um barulho mais forte ainda, de ferro e metal, abafou sua voz. Olhando pelo vidro traseiro, o garoto notou que a Kombi deixava um rastro de óleo por onde passava. Até que começaram a cair algumas peças pequenas, tilintando no asfalto. O motorista também percebeu que ocorria alguma coisa e manobrou para o acostamento, onde parou o carro:

— Porcaria! Logo agora que eu estava quase chegando!

Joca enfrentou-o:

— Bateu saudades do Ayrton Senna? E o senhor quis imitá-lo? Veio forçando a máquina o tempo todo... Agora taí! A caixa de câmbio já era!

O homem desceu, foi lá trás, examinou o motor, depois voltou desalentado, abanando os braços suados:

— É. Foi falta de sorte mesmo! O câmbio pifou...

Joca já estava no meio da estrada e perguntava:

— Quantos quilômetros ainda faltam até o centro da cidade?

— Uns 2 ou 3 quilômetros, mais ou menos — informou o motorista. — De lá até a Prainha, bota mais 2...

Duda resolveu assumir o comando da situação:

— Vamos a pé, minha gente! Temos de chegar a tempo de armar a nossa barraca. A gente faz 4 quilômetros brincando.

O ajudante da Kombi estava assustado com o fato do carro ter quebrado. Era um garoto da mesma idade de Duda, embora muito franzino. Usava uma cabeleira de tipo africano que contrastava com seus olhos grandes e saltados. Olhava gordamente para a turma de Duda, para suas mochilas, seu material de pesca, e não dava para saber se invejava ou apenas admirava aquele grupo que aprendera a se divertir na vida.

Os três já tinham começado a caminhar quando o rapaz botou a cabeça para fora da janela da Kombi:

— Até outro dia, pessoal! Quem sabe a gente não se encontra mais tarde? O mundo não é tão grande assim!

Beta, Duda e Joca acenaram para ele, que ficou satisfeito com aquele gesto de amizade e comunicou:

— Meu nome é Tião Botina! Não se esqueçam: Tião Botina!

Duda lembrou-se de que havia reparado nos enormes pés do rapaz, calçados com botinas verdadeiramente descomunais.

— Té logo, Tião Botina! Um dia a gente se vê.

Afastaram-se e não chegaram a ouvir o que Tião Botina disse para seu chefe, o homem gordo e suado que rosnava de raiva pelo carro enguiçado:

— Turminha legal, hein, patrão?

Mas o homem estava mal-humorado e deixou escapar uma praga:

— Tomara que quebrem a cara por aí!

II

— O senhor é Seu Marcos?
— Pode ser...
Evidentemente que era ele mesmo. Duda já havia se informado com outros pescadores e não havia possibilidade de engano.

— Viemos da parte do seu cunhado, o Seu Edilson, o da Kombi das galinhas.

— E daí? — O homem deu uma tragada no cigarro de palha e cuspiu para o lado.

— Seguinte: queremos alugar seu barco para fazer caça submarina. A gente sabe que ninguém conhece melhor a região do que o senhor.

— Tão sabendo muito...

Beta resolveu ser mais objetiva:

— Seu Marcos, por enquanto, o senhor aluga o barco pra gente? Também queremos que vá junto para mostrar os pesqueiros.

— Vocês estão achando que eu entrego meu barco na mão de qualquer um? Sempre tenho de ir junto...

— É claro! O senhor e o barco! Quanto por dia? — Beta estava impaciente.

O pescador deu outra tragada no cigarro de palha, cuspiu novamente de lado:

— Cem contos, mais a gasolina.

Beta puxou Duda pela mão:

— Vamos embora, esse homem tá maluco!

— Tá achando caro? — perguntou o homem.

— Caro não. Isso é roubo... ainda mais pra gente que não tem muito dinheiro. Pago oitenta, incluindo a gasolina — falou Beta.

— Minha filha, assim não dá nem pro leite das crianças...

— Setenta com a gasolina — Beta foi implacável.

— Esta juventude está muito sabida... — lamentou o pescador. — Vá lá que seja: setenta e a gasolina...

Combinaram de se encontrar ali mesmo na manhã seguinte, bem cedo. Sairiam para o mar, mergulhariam até a hora do almoço e comeriam numa das inúmeras ilhas espalhadas pela baía de Angra. E, como a noite não demoraria a cair, foram armar a barraca na outra extremidade da praia, num camping a cerca de 1 quilômetro dali. Havia um pequeno regato que corria para o mar, de modo que água para beber não seria problema. Joca, que gostava de mostrar que entendia de tudo, foi logo recomendando:

— É melhor ferver a água, nunca se sabe.

Acenderam uma fogueira. Beta abriu latas de conserva e preparou o jantar. Logo, logo escureceu. Sentaram-se à beira do fogo para bater papo. Duda ainda estava intrigado com o que acontecera na estrada:

— Joca, por que você se escondeu quando o guarda mandou parar a Kombi?

— Há mais coisas entre o céu e a Terra do que supõe a vã filosofia, como dizia Shakespeare...

— Para de enrolar! Até parece que você já leu Shakespeare! — interveio Beta, que lavava os pratos.

— As traduções, não... prefiro o original.

— Hã-hã... Não sabia que você era mestre em inglês.

Joca assumiu uma atitude nobre e, ao mesmo tempo, marota, encerrando o assunto:

— Dá para o gasto.

* * *

Eram nove horas da noite. Enquanto os três amigos se preparavam para dormir, pois teriam de acordar bem cedo no dia seguinte, uma mulher aflita entrava na delegacia de polícia em Campo Grande, a mais de 100 quilômetros de Angra. Apertando as mãos nervosamente, dirigiu-se ao comissário:

— Meu filho está desaparecido desde esta manhã, quero registrar uma queixa.

— Nome, endereço, sinais particulares e idade do seu filho.

— José Carlos Torres Pereira, 15 anos, um pouco magrinho. Vive sempre metido com umas experiências...

Ela começou a chorar baixinho. Desde que o marido morrera, aquele filho único era tudo em sua vida. Bom garoto, embora louco por uma aventura e dono de uma imaginação sem limites. Carinhoso, apesar de lhe dar muito trabalho. Há algum tempo metera-se, com uns amigos que moravam num condomínio da Barra da Tijuca, a desbaratar uma quadrilha de contrabandistas de diamantes. Quem sabe não fora alvo da vingança dos bandidos?

— Calma, minha senhora — falou o comissário. — Vou acionar o dispositivo policial.

— Acionar o quê?

— O dispositivo policial... Vou me comunicar com todas as delegacias, especialmente a do Posto Seis, em Copacabana... Estou lembrado deste episódio dos contrabandistas que foram combatidos por um grupo de adolescentes... O caso ficou famoso no meio policial... As investigações foram conduzidas pelo delegado Fortal. A senhora pode ficar tranquila que seu filho vai ser encontrado... a menos que...

— A menos quê?

— A menos que a senhora tenha razão e os bandidos o tenham apanhado em uma vingança.

A mulher começou a chorar mais alto. O que seria dela sem o filho? A polícia tinha que fazer de tudo para achá-lo. O comissário percebeu que a havia assustado:

— Falei por falar, minha senhora... é apenas uma hipótese muito remota que não deve ter acontecido. Certamente seu filho está com os amigos na Barra da Tijuca. Por qualquer razão não pode voltar pra Campo Grande. A senhora já entrou em contato com eles?

— Eu liguei, mas na casa do Duda, onde meu filho costuma ir e até dormir, a empregada me informou que o garoto está viajando... e que não viu o Joca por lá...

— E seu filho não tem celular? Ou os amigos dele?

— Têm... mas estão todos desligados... O senhor já viu algum adolescente deixar celular ligado quando não é do interesse dele?

— Bom, vou me comunicar com o Fortal imediatamente. A senhora vá para casa e deixe aqui seu telefone. Eu lhe avisarei quando souber de alguma coisa. Pode ficar sossegada que a polícia não descansará enquanto não resolver este caso.

Logo que a mulher se retirou, o comissário pegou o telefone e ligou para a delegacia do Posto Seis, comunicando o desaparecimento de José Carlos Torres Pereira, 15 anos, residente em Campo Grande. Informou que o garoto tinha amigos na Barra da Tijuca, mas recentemente envolvera-se na prisão de uma quadrilha de contrabandistas de diamantes, um caso conduzido justamente por aquele distrito policial. E pediu providências urgentes.

* * *

Em Copacabana, o delegado Fortal tomava um café reforçado, hábito que adquirira em muitos anos de plantões policiais. Sobre a mesa, havia meia dúzia de memorandos com as poucas ocorrências do dia. Tudo indicava que a pasmaceira se prolongaria noite afora, quando uma figura esguia, meio desengonçada, de cabelos curtos, entrou pela porta, sem pedir licença e falando alto:

— O maior delegado de todos os tempos tem alguma notícia sensacional para este humilde servidor do Quarto Poder?

O delegado levantou os olhos sem entender o que se passava:

— Que Quarto Poder é esse?

— A Imprensa, ora essa! Há o Executivo, o Legislativo, o Judiciário, que mandam pra burro. Mas há também a Imprensa, que tem lá a sua força.

— Está bem, Jacaré. O maior delegado de todos os tempos não tem nada de sensacional para o mais jovem e mais talentoso representante do Quarto Poder. Mas tem um cafezinho, se for o caso.

— Muito grato — disse Jacaré, aceitando uma xícara. — Mas não tem nada mesmo? Olha que estou sem assunto há um bocado de tempo. Depois do episódio *Nos bastidores da TV*, fiquei com um prestígio danado no jornal, mas não posso deixar a bola cair, senão a coisa piora pro meu lado de novo.

— Mas como é que você quer que eu fabrique um caso? Não é toda hora que rapaduras são usadas para contrabandear diamantes, ou que aparecem monstros na Lagoa de Abaeté para espantar turistas, ou que astros decadentes da TV criam factoides policiais para se manter na mídia. Veja aqui, hoje não aconteceu nada: pequenas brigas de marido e mulher, uma colisão de carros numa esquina da Nossa Senhora de Copacabana, um dono de botequim que quebrou a cara de um freguês, coisas sem importância...

Apesar de trabalhar como jornalista não há muito tempo, Jacaré já se habituara a ler de cabeça para baixo as notinhas escritas que via sobre as mesas de delegados, políticos e outras pessoas que poderiam ser fonte de notícia. No entanto, foi com surpresa que reparou num memorando que, evidentemente, o delegado ainda não vira. Continha informações sobre o desaparecimento do garoto de Campo Grande. Jacaré empalideceu. Sabia de quem se tratava. Ele também desempenhara papel de destaque na descoberta da quadrilha de contrabandistas de diamantes, e as reportagens que fizera sobre o assunto lhe haviam dado não só prestígio, mas uma promoção e aumento de salário. Da mesma forma que a mãe de Joca, Jacaré imaginou uma vingança. Afinal, a maioria dos bandidos havia escapado. E se eles tivessem se juntado para liquidar um a um todos os componentes da turma de Duda? Era necessário agir rápido, antes que o delegado acabasse o café e se dispusesse a examinar os memorandos. Sem dúvida, o policial ligaria os fatos e poderia acabar descobrindo o paradeiro do garoto antes dele. Jacaré engoliu rapidamente o que restava da bebida e despediu-se, mostrando indiferença:

— Então, até logo, meu caro doutor Fortal. É uma satisfação estar numa delegacia em cuja jurisdição só ocorrem fatos de rotina... sinal de que as autoridades estão atentas, zelando pelo bem público. Parabéns!

Desceu em desabalada carreira as escadas da delegacia, atravessou a rua e, depois de ter certeza de que não poderia ser avistado pelo delegado Fortal, tirou o celular do bolso. A urgência das providências que precisava tomar apagou qualquer remorso quanto ao que acabara de se passar na delegacia. Tratava-se de salvar um amigo em dificuldades, talvez muito sérias. O furo jornalístico e a consequente glória seriam apenas resultado de seu trabalho. Nervosamente, ligou para o celular de Duda. Estava desligado. Resolveu ligar para a casa do amigo:

— Alô! Dona Antônia? É o Jacaré. Duda está?

* * *

Naquele mesmo momento, o delegado Fortal começava a ler os memorandos que estavam sobre sua mesa. De repente, deu um pulo: um garoto desaparecido em Campo Grande! José Carlos Torres Pereira, o Joca, que colaborara com outros dois jovens da Barra da Tijuca, Duda e Beta, na desarticulação de uma quadrilha de contrabandistas de diamantes! E na investigação de supostos atentados no episódio *Nos bastidores da TV*. Estes fatos causaram sensação na cidade e estavam bem frescos em sua memória. Chamou um auxiliar:

— Liga já para a residência de Álvaro Mendes, o subgerente daquele banco da praça General Osório, em Ipanema, cujo filho esteve envolvido na solução de casos complicados aqui da delegacia. O telefone está na minha agenda pessoal.

Só então se lembrou de que Jacaré estivera ali. Felizmente o jornalista não soubera do desaparecimento — pensou o policial —, caso contrário iria tentar resolvê-lo sozinho, deixando-o mais uma vez em segundo plano. Desta vez, no entanto, não permitiria que isso acontecesse. Contente por ter deixado o repórter fora da jogada, pegou o aparelho:

— Caro amigo Álvaro, aqui fala o Fortal! Quanto tempo! Fui informado do desaparecimento do amigo de seu filho, o Joca. Tem alguma notícia sobre isso?

— Desaparecimento do Joca? Como assim? Até onde sei, ele foi para Angra com Duda e Beta, hoje de manhã. Estranho, delegado, o Jacaré acabou de ligar aqui pra casa e perguntou a mesma coisa pra minha mulher. O que está acontecendo?

— Joca saiu de casa sem avisar para onde ia. Você deve se lembrar muito bem daquele caso das rapaduras e dos diamantes em que todos estivemos envolvidos... e também o Tio Aníbal... O irmão do Dr. Luís, seu vizinho... pai da Beta... Pois é... uma atitude desse tipo deixa todo mundo preocupado. A mãe do garoto está desesperada!

Depois que o pai de Duda explicou o que haviam ido fazer em Angra, o delegado desligou, não sem antes fazer comentários sobre a irresponsabilidade de Joca em particular e da juventude em geral. Tinha dois filhos e conhecia muito bem o problema. Entretanto, a possibilidade de Jacaré encontrar Joca primeiro do que ele o atormentava: "Sem dúvida vai achá-lo e fazer um escarcéu com suas reportagens. O caso é simples, mas nas mãos desse repórter pode tomar dimensões terríveis. Ele está doido para aparecer outra vez", pensou.

E logo tomou uma decisão. Deixaria a delegacia sob o comando do comissário de dia e daria um pulo em Angra. A noite estava tranquila, sem incidentes, certamente não aconteceria nada de grave até sua volta. Se tudo corresse bem, lá pelo meio da tarde do dia seguinte estaria novamente no Rio com o garoto fujão. Pegou de novo o telefone e ligou para o comissário da delegacia de Campo Grande, pedindo-lhe que avisasse a mãe de Joca que não havia acontecido nada de grave com seu filho, em breve ele reapareceria, são e salvo. Em seguida, chamou o detetive Bastos, seu fiel escudeiro:

— Prepare uma viatura que vamos já para Angra dos Reis, numa diligência muito especial!

III

O camburão preto e branco da polícia já havia devorado rapidamente a maior parte do caminho. Entrava, agora, no trecho que leva a Angra. O delegado Fortal comandava:

— Depressa, Bastos, mais depressa.

Iam entrar numa curva fechada. De repente, o motorista viu um rastro de óleo no meio da pista. Tentou frear o carro, mas já era tarde. Rangendo no asfalto, os pneus perderam a aderência e a derrapagem foi inevitável. O pesado camburão saiu da estrada e entrou de lado no acostamento. No último momento, o delegado percebeu a silhueta escura de uma Kombi, parada e sem luzes, aproximando-se rapidamente. Protegeu a cabeça e esperou a batida. O estrondo foi terrível, parecia que o mundo ia acabar. Logo depois, o silêncio. Então, uma tremenda algazarra ensurdeceu os seus ouvidos. Ainda tonto, saiu da viatura e olhou em volta. Bastos, o motorista, estava caído na beira da estrada, no meio de uma incrível quantidade de galinhas, que escapavam de caixotes, cacarejando assustadas. Enxotou desajeitadamente as aves e se aproximou do auxiliar:

— Você está bem?

— Tô todo esfolado, doutor, a porta se abriu e fui jogado para fora — gemeu o outro.

— Mas não há fraturas, há?

— Acho que não.

Bastos tentou se levantar e ficar de pé. Não conseguiu. Uma forte dor no tornozelo o impedia.

— Torci o pé...

— Mas logo agora!

O delegado amparou o auxiliar até um barranco e deixou-o ali.

Em seguida, examinou a Kombi e viu que ela estava abandonada. As galinhas haviam se espalhado pelo mato, ainda se ouvia o cacarejar delas.

O policial tirou um caderninho do bolso e anotou a placa da Kombi:

— Tremenda irresponsabilidade! Deixar um carro enguiçado desta forma! Praticamente no meio da estrada! E todo apagado! Gente assassina!

Tinha razão. Por milagre, não ocorrera um acidente grave. Juntando uns galhos de árvore que colheu nas redondezas, colocou-os no meio da estrada para assinalar o perigo. O motorista resmungou de longe:

— E agora, doutor?

— Agora, é pedir ajuda! — respondeu o delegado, dirigindo-se ao camburão para tentar uma comunicação por meio do radiotransmissor do carro.

Não obteve sucesso. Ao puxar do painel o fone pelo qual daria um alerta de S.O.S. a unidades policiais que estivessem pelos arredores, percebeu que o fio tinha se partido com a colisão. Enfiou a mão no bolso em busca do celular, mas constatou que não havia sinal, então praguejou para si mesmo: "Porcaria de telefone! Esses celulares nunca funcionam quando precisamos deles!" E gritou em direção ao auxiliar:

— Vamos pegar uma carona para Angra!

Esperaram uns quinze minutos. Um carro apareceu ao longe e foi se aproximando com o farol alto aceso. O delegado fez sinal. O automóvel passou sem diminuir a velocidade.

— Desgraçado! Ninguém é solidário!

Mais dez minutos e a cena se repetiu. Desta vez, o carro reduziu um pouco a marcha, o motorista olhou para os dois homens parados na estrada e acelerou. Mais dez minutos, e foi a vez de um caminhão. Nem deu bola para os sinais do delegado, que ia anotando as placas:

— Eles têm medo de se meter em complicações. Pensam que somos assaltantes de estrada. Veja só!

Aguardaram por muito tempo até que, já quase raiando o dia, um automóvel parou:

— Sou o delegado Fortal, da delegacia do Posto Seis, em Copacabana. Preciso ir imediatamente até Angra! É uma diligência importante, uma vida está correndo perigo! — informou o policial, ao mesmo tempo que mostrava a carteira que o identificava.

O delegado e seu auxiliar sentaram-se no banco de trás, e o carro partiu.

* * *

O sol começava a nascer e, no acampamento de Duda e seus amigos, todos se preparavam para a pescaria. Beta fez café e abriu um pacote de biscoitos. Juntaram os apetrechos para a caça submarina, fizeram um farnel e foram em busca de Seu Marcos, o pescador. Este já estava de pé havia muito tempo, com o barco pronto. O dia se anunciava lindo, e a época era boa para a pescaria de mergulho. O pequeno motor Penta foi acionado, e Seu Marcos dirigiu a embarcação para uns rochedos fora da baía.

— O lugar aqui é bom — disse ele —, dá muito badejo.

Navegaram durante uma hora até chegar aos limites da baía. O barco era sólido, mas desenvolvia pouca velocidade. Ao dobrarem uma ponta de pedra, Joca, que ia na proa, viu alguma coisa:

— O que é aquilo brilhando ali embaixo?

Seu Marcos manobrou o barco para se aproximar do objeto que flutuava a distância. Em pouco tempo chegaram ao local.

— Ué! Um saco plástico cheio de garrafinhas! — exclamou Duda.

— São vidros de perfume francês! — gritou Beta.

Seu Marcos acelerou o motor e afastou a embarcação:

— Vamos sair logo daqui! — disse ele, bastante assustado.

Os três amigos não entendiam o que estava acontecendo. Duda foi o primeiro a perguntar:

— O que houve?

— Contrabando! — falou Seu Marcos.

Beta estava interessada:

— É uma pena deixar tantos vidros de perfume francês abandonados assim no mar.

— Minha filha — continuou o pescador —, esses sacos plásticos são largados no mar por alguns navios, em lugares combinados. Em seguida, vem a lancha dos contrabandistas e os recolhe. Este aí deve ter se perdido. De qualquer forma, é bom não nos metermos neste assunto.

— E a Capitania dos Portos? — perguntou Duda.

— Ah! Já apanhou vários bandidos recolhendo mercadoria. Mas mesmo submetidos a interrogatório, nenhum deles confessou onde fica a base deles, nem quem é o chefe. É claro que morrem de medo de bater com a língua nos dentes, pois sabem que serão punidos.

— Bacana! — murmurou Joca, que descobria a possiblidade de mais uma aventura. — Que tal se a gente ficasse espiando para ver se aparece alguém?

— Não contem comigo para isso — disse o pescador. — Esse negócio é muito sério, e os contrabandistas sempre andam fortemente armados, dispostos a matar. Já aconteceram vários embates entre eles e o pessoal da Marinha com a Polícia Federal. É melhor a gente esquecer o que viu. E nem mais passar por aqui.

* * *

Já estavam longe do local em que encontraram o saco plástico. Os rochedos onde, segundo Seu Marcos, ficavam os melhores pesqueiros se aproximavam. Duda e Joca começaram a preparar o material de mergulho. Beta estendeu-lhes uma lata de talco:

— Passem no corpo todo. Assim a roupa de borracha entra melhor.

Joca riu ao ver Duda todo branco:

— Olha o bebezinho Johnson!

— Bebezinho você vai ver lá embaixo d'água. Isto é esporte pra homem! — respondeu Duda.

— Então, você não devia se arriscar... — retrucou Joca.

Seu Marcos lançara a pequena âncora, tomando o cuidado de enrolá-la numa corda de nylon. Duda achou esquisito e perguntou por que ele fizera aquilo. Joca, mais uma vez, deu uma de sabe-tudo:

— A ignorância dói, meu Deus... É para a âncora não se perder nas pedras... Com o nylon ela resvala...

Os dois já estavam vestidos e, empunhando as armas de pesca, mergulharam. Beta ficou esperando dentro do barco para ver como eles iam se sair. Duda e Joca permaneciam algum tempo na superfície, a cabeça afundada na água, respirando pelo tubo. De vez em quando, mergulhavam, passavam um tempo no fundo e voltavam para respirar. De repente, Joca surgiu com um peixe na ponta do arpão. Não era grande, mas tinha lindas cores, todo listrado de prata e amarelo.

— Peguei!

Duda e Beta se aproximaram para ver. Seu Marcos deu uma gargalhada:

— Ora, é um *sargento*. Este peixe não vale para nada, não se come. É melhor jogar fora.

Joca estava desapontado:

— Ué! Mas ele ficou dando mole, bem na ponta do arpão!

— É claro. O *sargento* sabe que nenhum caçador submarino de verdade dispara nele. Ele gosta de brincar.

A falta de sorte é quando ele encontra um principiante como você.

Duda não perdoou:

— Desta vez o doutor sabe-tudo quebrou a cara...

Continuaram mergulhando até a hora do almoço. Duda pegou um peixe todo colorido de bom porte. Mais uma vez, Seu Marcos acabou com a festa dos garotos:

— É um *budião*. Bonito, mas sem nenhum valor.

Beta aproveitava para nadar perto do barco com seu biquíni novo. Duda viu de longe quando ela pulou na água. Ele mergulhou por baixo e puxou a perna dela:

— Hum... este biquíni está mostrando mais do que deve...

— Resolveu pagar de moralista, agora?

Joca, que observava o casal, sentenciou:

— Beta, este seu namorado tem preconceitos medievais!

A garota deu uma risada, puxou Duda para baixo d'água e, depois de lhe dar um beijo rápido, nadou pra longe.

Por volta do meio-dia, Duda e Joca haviam finalmente conseguido apanhar um robalo e um badejo, ambos de bom tamanho. Beta avisou:

— Chegou a hora do almoço, galera!

Todos voltaram para o barco. Seu Marcos ligou mais uma vez o motor e dirigiu-se para uma ilha a cerca de 1 quilômetro. Escolheram uma árvore com boa sombra, na beira da praia deserta, e fizeram fogo. Seu Marcos limpou os peixes e Beta cuidou do resto. Os peixes deram para que todos comessem e repetissem. Pouco tempo depois, Duda e seus amigos faziam a sesta debaixo da árvore. Às três horas da tarde, Joca deu a ordem:

— Acorda, moçada! É hora do trabalho. Vamos mergulhar novamente!

Por volta das cinco horas da tarde, com mais dois robalos fisgados e o jantar garantido, resolveram encerrar a pescaria. Estavam cansados e felizes. Pela quarta vez naquele dia, Seu Marcos acionou a cordinha que dava partida ao motor. Mas o Penta não pegou. Tentou novamente. Nada. Na quinta tentativa, teve êxito. Beta suspirou aliviada:

— Ainda bem. Passar a noite no mar não estava nos meus planos.

Durante alguns minutos, tudo correu bem. De repente, o motor começou a ratear, a pipocar cada vez mais, e logo parou.

— Vela suja — exclamou Seu Marcos.

Rapidamente tirou as velas, assoprou, limpou-as com uma estopa e tentou novamente dar a partida. O motor continuava inerte. Repetiu a operação, mas não obteve resultado. A noite não tardaria a chegar, e a perspectiva de ficar à deriva não agradava a nenhum deles. Fizeram várias tentativas e, uma hora depois, o Penta ainda não dera sinal de vida. Joca falara num entupimento na canalização de gasolina, insinuara um defeito no carburador, admitira a hipótese de enguiço no sistema de ignição. Tentaram tudo, mas o motor resistia e não pegava. Enfim, a noite caiu, e a escuridão já era total. A cerca de 500 metros de onde estavam, havia uma ilha bem maior do que aquela em que pararam para almoçar, esta certamente habitada, pois no alto de uma colina se via uma grande casa branca, no estilo mediterrâneo. Seu Marcos foi obrigado a aceitar a única solução para a emergência:

— Vamos remar com os pés de pato até a ilha. Na praia a gente vê com mais calma o problema do motor.

Duda concordou:

— É o jeito. A gente pode até subir a colina e pedir pousada naquela casa. Estou louco para dormir numa caminha bem limpinha...

Seu Marcos fechou a cara:

— Não aconselho. O melhor é a gente ficar quieto na praia sem chamar atenção nem fazer barulho. Ali mora um sujeito esquisito, um gringo estranhíssimo. De vez em quando, não com muita frequência, ele vai à cidade, sempre usando óculos de lentes vermelhas. Onde já se viu: lentes vermelhas! Uns camaradas meus já aportaram na ilha e foram expulsos violentamente pelos guardas que o tal sujeito mantém. Se houvesse outro lugar por perto eu preferia ir pra lá. Como não há outro jeito, o negócio é chegar de mansinho, sem ruído, e sair logo que o motor for consertado.

Silenciosamente, empurrando o barco com os pés de pato, protegidos pela escuridão, Duda e seus amigos, com Seu Marcos no leme, encostaram na praia da ilha. Havia uma placa fincada na areia: AFASTE-SE, PROPRIEDADE PARTICULAR. O barco foi amarrado com a corda de nylon numa pedra e, sob a luz fraca de uma pequena lanterna, o motor começou a ser desmontado. Joca continuava dando palpites e já começava a irritar o velho e experiente pescador. Por volta das onze horas da noite, Beta percebeu que com o passar do tempo o ambiente estava ficando carregado e abriu umas latas de salsicha:

— Galera, pausa para o jantar!

Sentaram-se dentro do barco e começaram a comer em silêncio. Farejando novidades, Joca queria que Seu Marcos desse mais detalhes sobre o homem que morava na ilha:

— Conte como é este homem de óculos vermelhos.

O velho pescador, para não alertar os moradores da ilha àquela hora da noite, evitara acender o cigarro e, por isso, se contentava em mascar fumo. Deu uma cuspida pro lado e começou a falar:

— É uma coisa muito estranha. Ele chegou aqui há um ano e comprou a ilha, à vista, de um antigo morador, com casa e tudo. É um sujeito arredio, de fala arrevesada, quase nunca aparece na cidade. De vez em quando dá umas festas de arromba, que duram dois ou três dias. Os convidados são tão estranhos quanto ele. Vêm de longe, em lanchas e iates luxuosos, ficam uns dias ancorados por aqui e em seguida partem, ninguém sabe dizer para onde. As únicas pessoas que participam dessas festas, e não fazem parte da turma deles, são uns caras de um conjunto musical. Eles sempre são contratados para tocar, recebem uma autorização especial para desembarcar na ilha e vão embora logo depois que a festa acaba.

Joca já estava com a imaginação a mil:

— E esses caras do conjunto ficam na ilha o tempo todo?

— Não. Eles se hospedam num hotel perto da marina de Angra. Só vêm pra cá na hora marcada. Aliás, acho que vai haver mais uma festa dessas amanhã ou depois. Os músicos chegaram esta manhã a Angra. São três, uns garotões cabeludos, mais velhos que vocês.

Beta resolveu fazer piada:

— Até que uma festinha não caía mal.

Seu Marcos ficou sério:

— Se há uma coisa que aprendi na vida foi a não me meter onde não sou chamado. Meu instinto diz que o negócio aqui não é nada bom.

— Que pena... — murmurou Beta.

Já passava da meia-noite. O motor precisava ser consertado. Seu Marcos e Duda voltaram ao trabalho. Joca, afinal, encontrara outro assunto para se preocupar e deitou-se na areia, pensando em mistérios — e nas aventuras — que aquela ilha podia ocultar. Beta, como não tinha mais nada para fazer, adormeceu, coberta com a jaqueta do namorado.

IV

No meio da madrugada, Beta acordou e se deparou com Duda, Joca e Seu Marcos escondidos atrás de um monte de areia, olhando para o mar.

— Que é isso? O que estão fazendo aí?

— Quieta! — comandou Duda, em voz baixa e assustada.

Só então Beta reparou num navio enorme, com as luzes apagadas, em marcha lenta, a pequena distância da areia. Um ruído de campainha, que todos puderam ouvir da praia no silêncio da noite, precedeu a parada total dos motores. O barulho de correntes escorregando sobre o metal do casco anunciou que a âncora estava sendo lançada. A voz de um homem, sem dúvida um marinheiro, ecoou sobre a superfície calma das águas:

— *Hier ist es. Werft den Sack gleich fort und lasst uns gehen!**

---

* Em alemão: "Eis aqui. Lancem imediatamente a encomenda no mar e vamos zarpar!"

— São estrangeiros — murmurou Joca.

— Tá ficando sabido, hein?! — retrucou Duda.

Eles ouviram o ruído de um objeto sendo jogado na água, e logo em seguida a âncora foi recolhida. Os motores puseram-se em marcha, e o navio afastou-se. Joca exultava:

— Eu sabia que isso aqui era o mapa da mina!

— Que mina? — perguntou Beta, espantada.

Duda mandou que calassem a boca:

— Silêncio!

O navio afastara-se, mas agora se ouvia o barulho de um motor de lancha. Um barco veloz surgiu na outra ponta da ilha e rapidamente se aproximou do lugar onde o navio estivera há pouco. Quase parando, fez um círculo, e um homem debruçou-se sobre a borda, recolhendo alguma coisa da superfície do mar. Logo depois, o motor foi novamente acelerado, e a lancha voltou ao ponto de onde viera.

— Eu sabia! Eu sabia! — gabou-se Joca. — Está na cara que eles jogaram um saco plástico igual ao que vimos boiando no mar! E cheio de contrabando!

Todos agora tiveram que concordar que Joca estava com a razão. Seu Marcos ficou apavorado:

— Vamos consertar logo o motor e dar o fora o mais rápido possível!

Joca lamentou:

— É uma pena! A gente podia virar a mesa e acabar com esta quadrilha de contrabandistas...

Beta interveio:

— Você é maluco! Esse negócio é muito sério, a barra é pesada demais. Vamos embora assim que conseguirmos dar um jeito nesse motor. Depois a gente avisa a polícia.

— Essa não! Avisar a polícia de jeito nenhum! — protestou Joca, que, definitivamente, não queria nada com as autoridades.

Contudo, ninguém deu importância ao pavor de Joca. Seu Marcos e Duda voltaram a trabalhar nervosamente no motor. Beta começou a recolher as coisas. Meia hora depois, o ruído do Penta cortou a madrugada.

— Pegou! — gritou Duda.

— Vamos depressa que o barulho vai alertar os guardas da ilha — recomendou Seu Marcos. — E eles são de dar tiro por qualquer coisa!

Juntaram o que restava e, mal entraram no barco, surgiram do mato próximo à praia três homens com rifles, segurando cães ferozes pelas coleiras. O pescador, apavorado, acelerou o Penta, e a embarcação começou a se deslocar da praia. Um deles gritou:

— Parem! Ou vamos abrir fogo!

— Vamos é em frente! — berrou Duda.

Seu Marcos deu mais força ao motor. O barco se afastava aos poucos. Subitamente, Duda deu um berro:

— A corda!

Na correria para escapar dali, haviam se esquecido de soltar o cabo de nylon que prendia o barco à pedra. A corda já estava quase toda desenrolada. De repente, a embarcação estacou e começou a girar em torno de si mesma — o cabo esticara-se todo. Duda deu um salto e jogou-se na água. Em duas braçadas, chegou à areia. Os homens já estavam a uns 30 metros, contendo os cães a custo. Duda alcançou a pedra e, num gesto rápido, liberou o barco. Beta gritou aflita:

— Vem logo, Duda!

Era tarde. O garoto chegou a se atirar na água, mas um dos guardas segurou-o pelos pés. O pequeno barco de Seu Marcos, sem a corda a retê-lo e com o motor no máximo de sua rotação, deu um pulo e se afastou ainda mais. Joca ordenou:

— Vamos voltar para pegar o Duda!

Seu Marcos não queria saber de mais nada. Embicou a proa para longe, sem olhar para trás. Um dos guardas levou o rifle ao ombro e fez menção de atirar. Outro, no entanto, o segurou:

— Ainda não! Vamos pegá-los com a lancha! Temos de saber quem são e o que vieram fazer aqui. São ordens do chefe.

Os homens entraram novamente no mato, arrastando Duda, que se debatia. Aos trancos, atravessaram velozmente uma trilha estreita e saíram em outra praia, onde estava parada uma lancha bem maior do que o barco de Seu Marcos. O piloto, ao vê-los chegar correndo, ligou o motor. Duda foi jogado no fundo, dominado por um dos guardas. Levantando espuma na popa, partiram em alta velocidade. Dobraram uma ponta de pedra e avistaram a pequena embarcação, a cerca de 200 metros. A diferença de velocidade entre os barcos era grande, em pouco iriam alcançar os invasores. Um dos homens falou para o piloto:

— Manobra bem que eles não escapam!

Embora não pudesse ver nada do lugar onde estava, Duda percebeu, pela conversa dos homens, que seus amigos seriam apanhados. E o pior é que ele não podia fazer nada! De repente, com o rosto colado no fundo úmido e oleoso da lancha, reparou num cano fino de alumínio, a um palmo de seu nariz. Havia uma possibilidade remota de que aquilo fosse o conduto de gasolina. Torcendo para não estar enganado, deu um empurrão violento no guarda que o segurava, pôs-se de pé e vibrou um chute fortíssimo na peça. O cano se rompeu e um líquido começou a escorrer pelo fundo do barco.

— Maldito! — gritou o guarda. — Cuidado com a gasolina, isso pode explodir!

O combustível já se aproximava do motor, localizado no centro da lancha. Bastava que uma faísca saltasse das velas para transformar o barco num braseiro. Foi exatamente o que aconteceu. Antes de parar de vez, o motor rateou e um risco de fogo azulado pulou do cabeçote para a gasolina derramada. Do barco de Seu Marcos, Beta, Joca e o pescador viram apavorados quando uma bola de fogo iluminou a escuridão da noite. Por cima da borda da lancha que explodia, pulavam na água cães e homens. Beta rezou para que um deles fosse Duda. Se ele tivesse ficado na lancha, a esta altura estaria sendo queimado vivo.

— Deus nos ajude! — gritou Seu Marcos.

Aos poucos, perceberam que alguém nadava para a praia.

— Duda! Duda! Será que é ele? — gritou Beta, contendo o choro.

— Tem de ser! — murmurou Joca, tremendo de pavor.

Os sobreviventes da explosão chegavam à praia. Então, à luz do incêndio, todos puderam ver dois dos guardas, os três cães e Duda, fortemente agarrado por um dos homens, com o braço torcido nas costas.

— Eles vão matá-lo! — gritou Beta.

Joca procurou raciocinar:

— Não, acho que não. Eles sabem que conseguimos escapar e devem estar com medo de que avisemos à polícia. De qualquer forma, Duda é um refém para eles. Vamos voltar para Angra e pensar no que fazer. Precisamos agir com calma e inteligência.

— Calma e inteligência?! Numa hora destas?! Acho melhor você ficar calado para a gente não brigar! — protestou Beta, revoltada.

Joca tentava ser racional:

— Beta, sei que você adora o Duda. Eu também gosto dele, é o meu melhor amigo. Não adianta perdermos a cabeça. Não há nada que a gente possa fazer neste momento. Vamos voltar e estudar a situação. Tenho certeza de que eles não vão matar o Duda, já expliquei por que...

— E se baterem nele?

— Bom, isso é um risco... — murmurou Joca, pensativo. — Mas se tentarmos entrar na ilha para soltá-lo, seremos todos apanhados e, aí sim, acabarão com a gente para que não revelemos a base onde os contrabandistas se escondem. Enquanto estivermos aqui fora, eles vão manter o Duda vivo... esperando pelos acontecimentos...

Seu Marcos, aterrorizado, dera o máximo de velocidade a seu pequeno barco. Já estavam bem longe da ilha. Beta vestiu a jaqueta de Duda e ficou fungando, fazendo força para não chorar. Joca consolou-a:

— Não se desespere, Beta. Já estivemos em situações complicadas e no fim tudo deu certo. O importante é permanecermos unidos, Duda agora precisa da gente.

— Eu sei, eu sei — choramingou Beta.

Seu Marcos já resolvera o que iria fazer:

— Quando chegarmos, vou avisar logo à polícia.

— Nada disso! — protestou Joca.

Beta estranhou:

— Ué, por que não? Acho que é a única saída.

Joca encerrou o assunto:

— Mais tarde eu explico. Mas pelo amor de Deus não falem mais em polícia!

Meia hora depois, aproximavam-se da praia do acampamento. De repente, Beta sobressaltou-se:

— Tem alguém nas nossas barracas!

Um jipe verde entrara pela areia adentro e estava parado ao lado do acampamento. Joca reparou que o fecho-éclair da barraca maior fora aberto e que, na frente, havia algumas panelas e um fogo ainda aceso. Começava a amanhecer e a luz do sol que nascia iluminava uma série de pegadas na areia. O garoto fez sinal para que Seu Marcos desligasse o motor da embarcação. Em silêncio, levados apenas pelo impulso do barco, encostaram na margem.

— Será que os contrabandistas descobriram o nosso acampamento e vieram na frente? — perguntou Beta.

— Não! Seria azar demais! — exclamou Joca.

Colocou o dedo sobre os lábios, pedindo silêncio. Com cuidado, desceu do barco e arrastou-se pela areia até a porta entreaberta da barraca. Arriscou uma olhada: no interior, um rapaz magro e comprido ressonava, enrolado num saco de dormir.

V

— Jacaré!

O repórter despertou bruscamente, tentou levantar-se, mas, esquecendo que estava fechado no saco de dormir, desequilibrou-se e caiu pesadamente no chão.

— Caramba, Joca, que susto!

— Susto foi você que me deu! Não sabia quem era...

Joca ajudou o amigo a se livrar do saco de dormir. Foi à porta da barraca e chamou Beta:

— Pode vir, não há perigo! Temos visita!

— Puxa, Jacaré! Você chegou em boa hora, estamos mesmo precisando de ajuda — exclamou Beta.

Jacaré notou que a garota tinha os olhos vermelhos. Joca, por sua vez, sentara-se num canto. Seu Marcos, ressabiado, enfiou a cara na entrada da barraca, a fim de saber o que se passava.

— Mas, afinal, o que está acontecendo? Parece que vocês vieram de um enterro! — perguntou Jacaré.

— Ainda não — falou Joca —, mas, se a gente bobear, talvez tenhamos que ir a um.

— E o Duda, onde está?

— Este é o problema — explicou Beta. — Duda está preso na ilha. Uma quadrilha de contrabandistas o sequestrou!

— O quê?!

Jacaré sentiu as novas possibilidades que a situação oferecia. Saíra do Rio para procurar um garoto fujão — que era o Joca — e agora tinha pela frente um caso mais sensacional. Se tudo corresse bem, sua glória como jornalista estaria consolidada. Quem sabe não ganharia um prêmio de reportagem? E mais um aumento de salário? E isso não significava que não se importava com Duda...

— Conta tudo, anda, conta tudo!

Em poucas palavras, Beta e Joca relataram o que havia acontecido. Jacaré ouvia a história e ia anotando tudo. De vez em quando, insistia num detalhe.

— E este homem como é? O tal chefão?

Joca contou a história da compra da ilha, das festas, dos tipos esquisitos que ali apareciam, dos óculos com lentes vermelhas do chefão. Jacaré ouvia com os olhos arregalados:

—Trata-se, sem dúvida, de uma quadrilha internacional de contrabandistas! Barra-pesada!

Joca, no entanto, estava interessado em saber como o amigo os encontrara.

— Elementar, meu caro Joca, elementar — falou Jacaré. — Descobri, na Delegacia do Posto Seis, que você tinha fugido de casa. Telefonei para o pai de Duda e soube que vocês tinham vindo para cá fazer caça submarina. Peguei um jipe emprestado com um camarada meu, vim para Angra e me informei com os pescadores. Era evidente que vocês alugariam um barco. Eles me trouxeram aqui e me mostraram a barraca. Vi logo que não havia ninguém e imaginei que vocês estivessem no mar. Senti fome e estava cansado da viagem. Preparei um pouco de comida e deitei para descansar, dormir um pouco.

— Quer dizer que minha mãe deu queixa na polícia do meu desaparecimento? — perguntou Joca, aflito.

— Positivo. Mas logo que soube onde vocês estavam, telefonei para a delegacia de Campo Grande, pedindo que a avisassem. Creio que o delegado Fortal deve ter feito o mesmo. Ela deve estar tranquila, agora.

— Quer dizer que a polícia está à minha procura? — quis saber Joca.

— Com toda certeza. Não se espantem se aparecerem por aqui.

Beta, de repente, compreendeu tudo:

— Então era por isso que você não queria nada com a polícia, né, Joca?! Agora estou entendendo também por que você se escondeu no fundo da Kombi, quando a polícia nos parou na estrada!

Joca parecia envergonhado:

— São coisas da vida... Reconheço que fiz besteira.

— Coisas da vida?! E você ia deixar um amigo correndo o risco de ser morto pelos contrabandistas para não confessar que fugiu?! Sinceramente, Joca... Estou decepcionada com você...

Jacaré interveio:

— Gente, esta discussão não vai levar a nada... O importante, agora, é salvar o Duda.

Seu Marcos resolveu entrar na conversa:

— Eu, por mim, vou avisar a polícia.

Joca protestou:

— Se avisarmos a polícia, Duda será morto. Na melhor das hipóteses, os bandidos o usarão como refém e ele correrá um risco muito grande. A esta altura já devem estar a nossa procura. Aposto que também estão vigiando a delegacia de Angra. Se algum de nós aparecer por lá, eles nos pegam antes que possamos avisar ao delegado. O negócio é agirmos por nossa conta, e bem longe da polícia.

— Estou de acordo! — disse entusiasmado Jacaré, que só conseguia pensar em mais um furo de reportagem.

— Já que tem de ser assim... — concordou Beta.

— Não sei, não sei... — hesitou Seu Marcos.

Pacientemente, os três amigos explicaram tudo ao pescador. Depois de meia hora de discussão, Seu Marcos concordou em esperar até o fim do dia seguinte. Jacaré chegou a usar um argumento radical que era quase uma ameaça:

— Se Duda for morto porque o senhor cometeu uma imprudência, indo à polícia antes do tempo, vai ter de ajustar contas conosco!

Obtida a concordância de todos, restava descobrir um jeito de tirar Duda da ilha. Examinaram todas as hipóteses. Jacaré queria entrar na ilha durante a noite. Joca explicou que era impossível, havia muitos guardas. Beta queria que todos se entregassem aos bandidos. Uma vez lá dentro, achariam uma forma de escapar. Joca, novamente, demonstrou que a ideia era irrealizável. Uma hora depois, não haviam chegado a uma conclusão. Seu Marcos assistia a tudo calado. Até que, lá pelas tantas, comentou:

— Se vai haver mesmo uma festa na ilha amanhã, fica ainda mais difícil com todos aqueles bandidos juntos...

Joca deu um tapa na testa:

— Eureca! Descobri!

— Descobriu o quê? — perguntou Jacaré.

Todos olharam para ele, ansiosos. O garoto prosseguiu:

— É isto mesmo! A festa!

Beta impacientou-se:

— Fala logo e deixa de história!

— Muito simples — Joca assumiu um ar inteligente —, nós vamos tocar na festa dos bandidos.

— Não estou compreendendo nada — interveio Jacaré.

— O meu raciocínio é muito rápido. Vou explicar.

Joca, então, expôs o seu plano. Se havia um conjunto de garotos, um pouco mais velhos que eles, que iria tocar na festa, a solução seria substituí-los. Uma incrementada na produção e uma carregada na maquiagem resolveriam a questão da diferença de idade. Além disso, Jacaré arranhava qualquer coisa, e poderia tocar guitarra. Ele próprio fizera parte de um conjunto amador em Campo Grande e se virava na bateria. Beta, nas rodas de violão que às vezes promoviam no condomínio em que ela e Duda moravam na Barra, já dera provas de que possuía bom ouvido, portanto poderia enganar no baixo. Ainda por cima, tinha jeito para cantar — daria uma de *crooner*. O problema era descobrir uma maneira de substituir, *pacificamente*, os músicos. Joca, mais uma vez, mostrou que podia dirigir a turma na ausência de Duda.

— Às vezes é bom confiar na improvisação. A gente vai ao hotel onde os caras da banda estão hospedados, puxa papo com eles e, na hora, surge uma solução. Enquanto isso, Seu Marcos fica de sobreaviso porque a gente pode precisar do barco dele.

— Só até amanhã — falou Seu Marcos. — Depois disso vou à polícia.

— Que seja assim. Agora, vamos tentar dormir, que é muito cedo para ir ao hotel. Esse pessoal de música acorda tarde. E vamos precisar estar descansados logo mais à noite. Outra coisa: o Jacaré, que já dormiu, vai até a delegacia ver se o delegado Fortal está aqui em Angra.

— E o que vou fazer se encontrar o delegado?

— Simples. Vai dizer que não nos achou. Se ele fizer muita onda, e quiser entrar nessa história, é capaz de os bandidos matarem o Duda. O melhor é que ele fique longe da gente.

O sol já estava bem alto. Beta preparou rapidamente um café da manhã, e foram descansar. Jacaré pegou o jipe e se dirigiu para a cidade.

VI

— Me larga!

Logo depois do incêndio na lancha dos bandidos, Duda se atirara na água. Chegou a dar algumas braçadas, mas foi alcançado por um dos homens que também conseguira salvar-se. Seguro pela camisa, foi rebocado até a praia. Lá estava outro dos guardas. Um deles torceu-lhe violentamente o braço nas costas. Duda protestou:

— Me larga que você vai ver! Não tenho medo do seu tamanho!

O sujeito estava furioso:

— Você vai pagar por isto, não perde por esperar!

Os cães latiam furiosamente. Os guardas pegaram-nos pelas coleiras e entraram no mato, arrastando Duda com brutalidade. Depois de atravessar uma trilha estreita, saíram no sopé da colina. O terreno ali era todo ajardinado. Uma dezena de guardas fortemente armados conversava agitada, imaginando o que teria sido aquela explosão, a pouca distância da ilha. Quando viram

Duda, correram para perguntar o que tinha acontecido. Um dos homens que trazia o garoto, o chefe da guarda, gritou irritado:

— Nada, nada! Voltem todos para seus postos!

Aos arrancões, Duda foi levado para o interior da casa. Era uma mansão enorme, de dois andares em estilo mediterrâneo, toda branca. Penetraram por uma porta lateral e seguiram por estreitos corredores no primeiro andar. Quase no fim de um deles, havia uma porta. Um dos homens sacou um molho de chaves enferrujadas e meteu uma delas na fechadura. Com um rangido, a porta se abriu. Havia um cubículo, de cerca de dois metros por dois metros e meio, sem nenhum móvel, a não ser um banquinho. Duda ainda se debateu um pouco, mas não conseguiu resistir por muito tempo. Com um empurrão violento, o guarda jogou-o para dentro. Com a força do golpe, Duda foi atirado até a parede oposta. Quando se levantou, jogou-se sobre a porta que se fechava. Mas foi inútil. O ruído da fechadura se cerrando mostrava que ele estava bem trancado. O garoto ainda protestou por algum tempo, até que percebeu a inutilidade de sua resistência. Resolveu, então, aguardar os acontecimentos. Começou a examinar o cubículo e descobriu que havia uma janelinha gradeada a pouca altura do chão. Subindo no banquinho, espiou para fora. Ainda estava um pouco escuro. A certa distância, podia ver a lancha dos bandidos que ainda ardia, no meio das águas. Procurou apurar a vista para ver se seus amigos tinham escapado, mas não avistou o barco de Seu Marcos. Olhou para baixo: no jardim havia um corre-corre. Um dos homens que o trouxera distribuía ordens nervosamente. Alguns dos guardas — cinco ou seis — saíram em direção à praia onde estivera a lancha dos bandidos. Sem dúvida, iriam agora procurar Beta e Joca. O pensamento deixou Duda angustiado. E se os apanhassem? Resolveu, no entanto, acreditar que, como sempre, a sorte protegeria seus amigos. Com a roupa toda encharcada, sentia um pouco de frio. Tirou a camisa, torceu-a para remover a água e, subindo novamente no banquinho, estendeu-a o melhor que pôde na grade da janela para que o vento, e mais tarde o sol, a secassem. Em seguida, sentou-se no chão, encostado na parede branca. Estava terrivelmente cansado. Acordara cedo para a pescaria e fizera muito esforço físico. Por isso mesmo, e apesar dos últimos acontecimentos, em pouco tempo adormeceu.

Acordou com o barulho da chave girando mais uma vez na fechadura. Olhou para a janelinha e percebeu que já era dia claro. Dois homens mal-encarados entraram:

— Levanta, moleque!

Duda viu que não adiantava protestar. Mais tarde, se conseguisse escapar daquela enrascada, acertaria as contas com eles. Um deles jogou-lhe uma calça de brim e uma camisa surrada:

— Veste isso, guri! Você agora vai conhecer o chefe...

A frase foi encerrada com uma gargalhada sinistra. O outro guarda deu um risinho de lado:

— É um privilégio concedido a pouca gente...

Duda deu de ombros:

— Por mim, eu dispensava.

No fundo, no entanto, sentia enorme curiosidade. Apesar da difícil situação em que se encontrava, lembrava-se da descrição feita por Seu Marcos. Assim, tratou logo de vestir a roupa. Saíram ao corredor. Um dos homens segurava Duda pelo braço e ia indicando o caminho:

— Por aqui! Dobra à esquerda! Agora sobe os degraus!

Por uma escada tortuosa atingiram o segundo andar. Um dos guardas bateu com o nó dos dedos numa porta. Outro homem apareceu.

— Ordem do chefe! — disse o primeiro.

O segundo guarda abriu a porta. Entraram numa antessala atapetada, cheia de telefones. O sujeito apertou a tecla do interfone e falou:

— É o garotão, como o senhor mandou.

Uma voz estranha e fina saiu do aparelho:

— Fazer entrrarrr, porr favor.

Uma luz verde se acendeu numa outra porta. Só então Duda se deu conta de que até aquele momento havia uma luz vermelha acesa ali. O guarda tomou-o pelo braço:

— Por aqui...

Logo que a porta se abriu automaticamente, Duda foi empurrado. De imediato ela se fechou e o garoto ficou às escuras. Apreensivo, estendeu os braços e tocou com as mãos as paredes. Continuando a explorar o lugar, percebeu que estava num cubículo ainda menor do que o outro em que estivera preso. Não havia a menor claridade. O lugar tinha no máximo um metro por um metro e meio. De repente, outra porta se abriu e uma violentíssima luz vermelha banhou o ambiente. A mesma voz aflautada que ouvira pelo interfone convidou-o a entrar:

— Entrrrar, meu jovem, entrrrar...

Duda deu dois passos à frente e encontrou-se numa sala muito ampla, também atapetada. A luminosidade vermelha era maior ali. Aos poucos seus olhos foram se acostumando. Havia, num dos lados, uma comprida mesa de reuniões com várias cadeiras estofadas de espaldar alto. Na frente de cada cadeira, um laptop, tal qual imaginava uma sala de reunião de empresas grandes. Do lado oposto, a estranha voz chamou-o novamente:

— Não terrr medo, rrrapaz... poder se aprroximarrr.

Duda virou-se e viu um homem gordo, enorme e careca sentado atrás de uma imensa mesa, no alto de uma plataforma, a cerca de trinta centímetros do chão. Por trás dele um grande mapa-múndi, cheio de bandeirinhas assinalando cidades e países. Sobre a mesa, havia uma quantidade de telefones ainda maior do que na antessala. Em frente à plataforma, na parte de baixo, uma pequena mesinha, com uma toalha e uma bandeja com xícara, vasilhas finíssimas, pão, manteiga, geleias, sucos — um café da manhã completo. Diante da mesinha, um pequeno banco acolchoado. Acariciando um gato muito peludo e branco, cujo pescoço segurava com a mão esquerda, o homem falou:

— Você dever estarrr com fome. Poder servirrr-se...

Hesitante, Duda se aproximou. Estava morto de fome. Pensando que tão cedo não ia comer novamente, sentou-se no banco e começou a servir-se, embora estranhasse aquela gentileza depois da brutalidade dos guardas. Foi quando ouviu uma voz:

— Ele é tão simpático...

Só então Duda reparou que, de pé, ao lado do homem, havia uma mulher. Era alta, esguia, com o cabelo longo e ondulado de um ruivo tão intenso que parecia ter sido tingido pela luz vermelha predominante no ambiente. Usava um vestido longo de couro vermelho, tomara que caia e decotado, com uma fenda enorme do lado esquerdo, que deixava à mostra sua perna alvíssima. Parecia uma estrela de cinema, mais precisamente de desenho animado; mais precisamente ainda, era a própria Jessica Rabbit, do filme *Uma cilada para Roger Rabbit*, encarnada em forma de gente. Sua mão, com unhas longuíssimas pintadas de esmalte vermelho, apoiava-se sobre o ombro do homem careca.

— Ele é tão simpático, que pena... — repetiu ela.

O "que pena" deixou Duda de orelha em pé. Continuou, no entanto, a comer. O homem sorriu e falou:

— O juventude semprrre ser simpática, Baby. E nós deverrr reconhecerrr que esta rapaz ser bem corrrajoso. O estrago que ele fazer na lancha ser tremendo!

Duda não só já acabara de comer, como repetira. Resolveu experimentar a situação:

— Muito bem, o café estava ótimo. Mas quando é que vão me mandar embora?

O homem fechou a cara. Transformara-se completamente. Possesso, deu um soco na mesa:

— Nunca mais! Nunca mais!

A mulher repetiu, a voz chorosa:

— Nunca mais, nunca mais...

Duda levou um susto com aquela mudança de tratamento e quase caiu do banquinho. Mas o homem, como se nada tivesse acontecido, voltou à atitude anterior:

— Gostarrr do pão? Ser fabricado aqui mesmo.

Duda gaguejou:

— Muito bom... Excelente...

A mulher repetiu:

— Muito bom... Excelente...

Duda percebeu que estava diante de um desequilibrado e de uma idiota. E tudo que vira até então, a atmosfera fantástica de filme de ficção científica, a luz vermelha intensa, aquela sala, a mulher que parecia ter saído de um desenho animado, tudo lhe dava a sensação de estar sonhando. O gosto de café com leite na boca, no entanto, lembrou-lhe de que aquilo era real, real demais. O sujeito gordo, contudo, levantara-se e andava de um lado para outro, sem sair de sua plataforma. Ali de cima, parecia ainda maior. E mais perigoso. Duda sentia-se minúsculo olhando para cima. O homem começava a divagar:

— Você lembrar do meu juventude. Os esperrranças, os prrrojetos parrra o futurrra... Meu trabalho como físico num centrrral nuclearrr... Depois o trrragédia... um escapamento de radioatividade... estarrr entrrre o vida e a morte...

Duda tentou amansar a fera:

— É, mas o senhor se recuperou, pelo que vejo.

— Sim, sim. Mas este luz vermelha, não perrrceber nada?

Parecia que o sujeito ia chorar. Deixou-se cair na cadeira, com a cabeça entre as mãos. A mulher afagou seu ombro carinhosamente, estendendo-lhe duas pílulas e um copo d'água:

— Você não pode se exaltar, *meu chuchu*.

— Eu sei! Eu sei! Eu sei! — repetia o homem num tom de voz cada vez mais elevado até gritar. E depois, voltando a falar calmamente: — Este jovem prrrecisar saberrr o que acontecer comigo...

Duda sentia-se um pouco temeroso, mas a história daquele homem o fascinava:

— Continue, então, por favor.

— Eu estarr bem de corpo. Mas meu vista ficarr comprometida. Não suportarr o luz de qualquer corr... só o luz vermelha... Quando sair daqui, sempre ter de usar óculos com lentes vermelhas... um inferrno...

A mulher comentou, penalizada.

— Sim, um inferno. Sempre cor de sangue. Um mundo cor de sangue.

Quando passou uma temporada no Rio, no episódio *As rapaduras são eternas*, Tio Aníbal improvisou um laboratório de fotografia à moda antiga, no banheiro da área de serviço do apartamento da família de Beta. Convencera-se de que a melhor forma de ver a vida era por meio da fotografia, pois lhe permitia "aprisionar o tempo". E era avesso a qualquer tecnologia, ou seja, fotografia digital, nem pensar! Para desespero da cunhada, a mãe de Beta, toda vez que ia revelar fotografias, tinha que colocar cortinas pretas nas janelas e substituir a lâmpada normal por uma vermelha especial. Do contrário, o filme e o papel de cópia ficariam velados.

Foi no mundo vermelho de Tio Aníbal que Duda pensou quando aquele homem lhe contou que era obrigado a viver na luz vermelha, e ficou aterrorizado com a ideia que lhe ocorreu: "Os olhos dele, depois de receberem a carga radioativa, ficaram iguais a um filme fotográfico! Isto quer dizer que se ele for exposto a qualquer luz, que não a vermelha, ficará cego, com os olhos *velados*!"

E o homem voltou a se lamentar:

— Se não usarrr óculos vermelhas, se não viver na luz vermelha, eu ficar cego, completamente cego...

A ruiva assentiu com a cabeça:

— Cego, completamente cego. Nem o sangue poderá ver.

A situação era bastante complicada. O sujeito careca era louco e, por isso, completamente imprevisível. A mulher ao lado dele era mesmo uma idiota. Lá fora, os guardas superarmados, com cães ferozes. Mesmo que conseguisse escapar à vigilância geral — hipótese bem improvável — dificilmente conseguiria nadar até Angra dos Reis. Admitida a remota possibilidade de que o fizesse, seria com certeza apanhado no meio do mar pelas lanchas velozes dos contrabandistas.

— Forrra daqui! — berrou o chefão.

O homem se transformara novamente. Desta vez, o soco na mesa foi tão violento que Duda chegou a cair mesmo para trás. O gato, que até então estivera no colo do sujeito, assustou-se e escondeu-se debaixo da mesa, todo arrepiado. A mulher torcia as mãos. Mas o homem já apertava freneticamente um botão vermelho. Do lado de fora, vinha o ruído de campainha tocando com insistência. Um guarda entrou agitado:

— Pronto, senhor!

— Levarr já para o cubículo! Ficarr lá até pegar os outros! Depois eu dar ordem de liquidar tudo!

O guarda puxou Duda violentamente pelo braço. A ruiva, aflita, lamentou:

— Tão simpático, é uma pena... o sangue... muito sangue...

Entraram novamente na câmara escura e ficaram ali apenas o tempo necessário para fechar-se uma porta e abrir-se outra. Na antessala, os guardas que haviam trazido Duda aguardavam. O outro comandou:

— Para o cubículo novamente. São ordens do chefe!

— Mas não vamos matá-lo?

— Ainda não.

Voltaram a percorrer o mesmo caminho da ida, agora em sentido contrário. Desceram a escada, seguiram pelos corredores e chegaram à porta. Duda, como fizera antes, procurava memorizar todo o percurso — talvez precisasse escapar por ali mais tarde. A fechadura mais uma vez rangeu sob a chave. A porta se abriu, e ele foi jogado para dentro. Em seguida, a porta fechou-se. O rapaz sentou-se no chão. Sentia-se deprimido, pensando em Beta e Joca. Onde estariam eles? Teriam conseguido escapar? Pelo que deduzia da conversa com o chefão, parecia que sim. Mas até quando? Pensou em Beta, com seu biquíni novo, linda e feliz durante a pescaria. Sentiu, então, uma saudade imensa!

— Roberta... minha Beta... — murmurou triste.

VII

O jipe verde, dirigido por Jacaré, corria velozmente pela estrada. Numa manobra rápida, ele desviou e entrou pela praia. As rodas patinavam um pouco, mas ele seguia em frente, dando firmes golpes de direção. Procurou um lugar mais seco e estacionou. Pulou para fora:

— Acorda, Beta, acorda, Joca! Temos muito que fazer!

Sem esperar que eles levantassem, entrou na barraca. Os dois, estremunhados, acordavam com a barulheira:

— Ficou louco, Jacaré? — reclamou Beta.

— Chega de conversa, vamos agir! — disse o jornalista.

— Conta as novidades, foi à delegacia? — quis saber Joca.

— Fui, sim.

— E o delegado Fortal está lá?

— Está é uma fera! Na vinda pra cá, a viatura derrapou e bateu numa Kombi cheia de galinhas que estava parada na estrada, toda apagada. O ajudante dele torceu o pé e está todo esfolado.

Beta e Joca se entreolharam. Sabiam muito bem a que Kombi Jacaré estava se referindo. No entanto, para não ter que explicar muito, resolveram ficar calados.

— E ele ainda está a fim de encontrar o Joca? — perguntou Beta.

— Agora mais do que nunca. Quando me viu, veio logo pedir informações. Eu disse que tinha vindo pra cá com a mesma intenção, mas que ainda não sabia de nada. Logo que soubesse comunicaria a ele. Parece que está parando todas as turmas de garotos que encontra pela frente pra saber o que estão fazendo na rua e se têm autorização dos pais para saírem sozinhos. Disse que está fazendo uma *triagem*.

Joca e Beta riram. Já haviam se acostumado com o delegado Fortal. No fundo, no fundo, tinham simpatia por ele, como se fosse alguém da família que vivia num outro mundo, num mundo de antigamente. Beta comentou:

— Depois que resolvermos o caso, vamos fazer um relatório pra ele. É tão esforçado...

Jacaré foi mais realista:

— *Se* resolvermos.

Joca preferiu o otimismo:

— Tenho certeza de que vamos resolver. E por falar nisso, você conseguiu localizar os caras da banda?

— Isso é o principal, por isso vim correndo. Eles estão na piscina do hotel. Acho que a hora para puxar papo é esta.

— Então vamos logo! — falou Joca.

— Só um instante — pediu Beta —, vou me arrumar.

Beta pediu que Joca e Jacaré saíssem que ela ia mudar de roupa. Os dois esperaram um pouco e já começavam a se impacientar quando a garota apareceu. Usava minissaia e uma blusinha amarrada sob o busto. Havia passado uma leve sombra nos olhos e penteara os cabelos de modo que parecessem mais volumosos. Estava linda. E parecia ter mais que os 15 anos — talvez uns 17 ou até mesmo 18. Joca estranhou:

— Pra que tudo isso?

— Nunca se sabe... — respondeu fazendo mistério.

Entraram no jipe de Jacaré e partiram para a marina. Em pouco tempo chegavam ao hotel. Passaram pela recepção e se dirigiram à piscina, sem dar muita satisfação. Imediatamente avistaram três caras sentados a uma mesa perto do bar. Os três tinham aparência bem semelhante: cabelo comprido, barba por fazer e óculos escuros. Devia ser o estilo da banda. O repórter falou baixo, apontando disfarçadamente:

— São eles.

Joca, Beta e Jacaré sentaram-se a uma das mesas mais próximas a eles. Pediram refrigerantes e começaram a falar sobre trivialidades. Um dos caras da banda, de uns 18 ou 20 anos, olhava insistentemente para Beta. Joca, um pouco incomodado, comentou com certa raiva:

— É, Beta, você está arrasando! Só queria saber o que o Duda ia achar disso!

Beta respondeu segura:

— Deixa comigo.

Durante algum tempo a situação permaneceu a mesma. O rapaz olhava, Beta negaceava, mas dava a perceber que a investida não lhe desagradava. De repente, o sujeito falou da outra mesa:

— Vocês são daqui?

"Que papo furado!", pensou Joca. Mas, ao mesmo tempo, sentiu que a oportunidade era aquela:

— Somos do Rio.

— De onde?

— Da Barra.

— Nós também. Por que vocês não se sentam aqui pra gente conversar melhor?

Antes que Joca ou Jacaré pudessem dizer alguma coisa, Beta concordou:

— Por que não?

Levantaram-se e foram para a outra mesa, levando as garrafas de refrigerante. O garçom ao caixa:

— Transfere a mesa doze para a oito!

Puxaram mais cadeiras e sentaram-se. O sujeito que estava interessado em Beta fez as apresentações:

— Eu sou o Dinho. Este aqui é o Moreno e aquele é o Tony.

— Joca, Jacaré e Beta — informou Joca, sem muito entusiasmo. — O que vocês estão fazendo aqui?

Dinho, que parecia ser o cabeça do trio, quis valorizar a banda:

— Somos músicos: Os Pássaros. Fomos contratados para tocar hoje à noite numa festa. Eu toco guitarra, o Moreno baixo e o Tony bateria.

Beta fez charme:

— Que incrível! Onde é que vocês vão tocar? Em algum clube?

Moreno explicou:

— Nada disso, gata. É numa ilha, num lugar alucinante.

Joca percebeu que tinha que seguir na onda:

— Irado, cara! E não dá pra descolar convites pra gente?

Dinho deu uma gargalhada:

— Negativo, meu *brother* — e dirigindo-se a Beta: — Nem mesmo pra uma gatinha linda como você.

— Que pena! Seria o máximo assistir a um show da sua banda — comentou Beta, fazendo voz melosa.

Moreno voltava a explicar:

— O negócio é tão fechado que até a gente, pra entrar, precisa apresentar um passe. Mas vale a pena, pagam bem. E vocês, o que estão fazendo em Angra?

Joca chutou alto:

— Treinando para um campeonato de caça submarina, na Espanha... mês que vem a gente segue pra lá.

Tony assobiou, demonstrando admiração, e comentou:

— Caramba!

Beta percebeu que a hora do bote era agora ou nunca:

— Daqui a pouco vamos mergulhar. Vocês não querem ir com a gente?

— É pra já! — falou Dinho, levantando-se e fazendo sinal para o garçom pedindo a conta. — Afinal, até a hora da festa a gente tem tempo. Esperem um instante que vamos lá em cima colocar o calção e descemos num minuto.

Os três subiram entusiasmados pelo convite que quebrava a monotonia. Jacaré, que até então permanecera calado, pensando na situação difícil que Duda devia estar enfrentando, deu uma dura em Beta. Ela dera confiança demais para Dinho:

— Você não acha que está exagerando?

— Deixa de ser bobo! Você sabe que eu só gosto do Duda. Isso é uma *manobra tática*, como diria o Joca.

Apesar de muito esperto, Jacaré não percebera o alcance do plano de Beta:

— E qual é essa *manobra tática*?

— Joca, você se lembra daquela ilha deserta onde a gente comeu peixe na brasa, ontem, na hora do almoço?

— Lembro.

— Pois bem. Nós vamos mergulhar lá perto — e Beta explicou detalhadamente seu plano. Quando acabou, Joca lhe deu os parabéns:

— Genial! Até parece coisa minha!

Jacaré alertou:

— Silêncio que os caras estão vindo.

Entraram todos no jipe e dirigiram-se para a Prainha. Seu Marcos estava sentado no barco, remendando umas redes. Joca olhou firme pra ele e falou:

— Seu Marcos, vamos precisar do seu barco para fazer uma pescaria naquela ilha deserta de ontem.

O pescador não entendia:

— Ué, mas logo agora? E o Duda?

Beta fez um sinal discreto:

— O Duda tá por aí. O negócio agora é mergulhar.

Seu Marcos não compreendeu nada, mas percebeu, no entanto, que havia alguma tramoia montada. Como havia se comprometido a deixar a turma agir até o dia seguinte, ficou quieto. Joca e os outros foram até a barraca, apanharam o material e, em pouco tempo, estavam no mar.

A tarde estava começando e havia tempo de sobra para realizar o plano. Navegaram durante meia hora, até que Joca apontou a ilha:

— Ali, Seu Marcos, dá muito robalo.

Pararam perto de um costão de pedra. A pouca distância, também havia uma pequena praia. Joca vestiu a roupa de mergulho e ofereceu a outra aos caras da banda. Moreno pulou na frente:

— Dá pra mim!

Tony reclamou:

— E eu?

Joca explicou com autoridade:

— Não há necessidade de vestir roupa de borracha, a água está bem quente. Pode mergulhar de calção. E você, Dinho, não vem?

O líder da banda estava mais interessado em Beta:

— Daqui a pouco. Por enquanto, vou ficar olhando vocês aqui ao lado da Beta.

Joca, Moreno e Tony mergulharam. Joca deu as ordens:

— É preciso cercar os peixes. Vocês dois vão ali para perto das pedras e tentem espantá-los para cá. Eu fico só na espreita. É o método que a equipe americana utiliza nos campeonatos mundiais. Enquanto isso, Seu Marcos liga o motor do barco. O barulho é para despertar os peixes.

O pescador continuava sem entender nada, mas obedeceu. Jacaré permanecia calado. Beta ainda tentou convencer Dinho:

— Vai, mergulha com eles.

— Daqui a pouquinho.

Moreno e Tony foram para junto das pedras. Joca ficou perto do barco, "na espreita", como dissera. O motor da lancha girava em marcha lenta. Um dos dois meteu a cabeça fora d'água:

— Não estou vendo peixe por aqui.

— Mergulha mais fundo! — comandou Beta. Dinho começou com uma conversa mole:

— O que você vai fazer quando voltar pro Rio, gata?

— O que você sugere?

Joca, escutando o papo furado do outro, deu uma gargalhada e mergulhou, indo sair na borda oposta do barco. Jacaré fez sinal para Seu Marcos ficar alerta. Beta pôs a mão no ombro de Dinho:

— Olha lá, no costão!

De um salto, Joca subiu na embarcação. Dinho se debruçava sobre a borda procurando ver o que Beta lhe mostrava. Jacaré levantou-se e meteu o pé nas costas do líder da banda:

— Desculpe, velho, mas tem que ser assim...

Dinho deu uma volta no ar e caiu dentro d'água. O golpe fora violento demais, Beta teve de se segurar para não ir junto. Joca ordenou a Seu Marcos:

— Toca o barco, rápido!

Seu Marcos acelerou. Dinho voltou à superfície se debatendo. Moreno e Tony, lá de longe, não entenderam nada. Beta ainda tirou sarro, quando o barco já estava um pouco afastado:

— Até logo, galera! Continuem procurando que acabam achando uma baleia!

— Se treinarem bastante, a gente leva vocês pra Espanha! — completou Joca.

Jacaré ordenou que Seu Marcos reduzisse a velocidade para ver se os outros conseguiam alcançar a praia em segurança. Moreno e Tony já estavam lá. Dinho chegou logo depois. Os três gritavam e esperneavam. Joca foi malvado:

— É só uma brincadeirinha inocente... — gritou.

Em seguida, virando-se para Seu Marcos:

— De volta à Prainha, o mais rápido possível.

Seu Marcos não estava gostando nada daquilo. Joca explicou que, logo que soltassem Duda, voltariam à ilha deserta para buscar os caras. Jacaré, prático, remexia as camisas de Dinho e seus amigos:

— Ainda bem que os passes para a festa estão aqui!

VIII

Algum tempo depois desembarcaram na Prainha. Joca, Beta e Jacaré foram se preparar para a festa. Capricharam nas roupas, colocaram óculos escuros. Joca brincou:

— Daqui pra frente, Os Pássaros vão arrebentar!

Jacaré deu um tapa na cabeça:

— Esquecemos de um detalhe superimportante!

— Qual é? Fala logo!

— Os instrumentos! Será que eles já estão na ilha ou ficaram no hotel?

— Como é que a gente vai saber agora? — perguntou Beta.

— É tarde para saber — interveio Joca —, temos de contar com a sorte. Se os instrumentos estiverem na ilha, muito bem. Se não...

— Se não?! — interrogou Beta.

— Aí, vamos nos ferrar! A gente vai ter de inventar uma explicação para os bandidos. E se virar pra escapar! — concluiu Jacaré.

Joca preferiu não pensar nisso naquele momento:

— Melhor deixar esse assunto pra depois, temos de pensar no que precisamos fazer agora, que é conseguir entrar na ilha, sem dar nenhuma bandeira.

Haviam falado para Seu Marcos ficar de sobreaviso. Combinaram que ele os levaria até a ilha e, na manhã seguinte, voltaria para buscá-los. Se não houvesse ninguém na praia, esperando por ele, deveria avisar a polícia imediatamente. O pescador não via com simpatia o fato de ter de navegar à noite, mas Joca acabou convencendo-o. Pouco antes das oito horas, partiram. O mar estava calmo e havia lua cheia, de modo que não tiveram problema de orientação. Além disso, Seu Marcos conhecia muito bem a região. Uma hora depois, aproximaram-se da ilha. Beta estava apreensiva:

— Será que vão nos reconhecer?

Joca tranquilizou-a:

— De jeito nenhum. Nós estávamos de roupa de praia, agora estamos fantasiados de músicos...

A ilha estava toda iluminada. Havia muitas lanchas luxuosas no ancoradouro. Os guardas vestiam-se com apuro e recebiam os convidados demonstrando uma gentileza desajeitada. Com o coração aos pulos, encostaram no pequeno cais:

— Somos da banda Os Pássaros, que vai tocar na festa.

— Os passes — pediu um dos guardas.

Jacaré mostrou os passes, o guarda examinou-os atentamente e conduziu-os ao salão principal:

— Por aqui, por favor.

Entraram por uma porta lateral, a mesma pela qual Duda penetrara, percorreram os corredores estreitos e entraram num salão amplo, ainda vazio. Havia um estrado, forrado de carpete, num dos lados, e, sobre ele, Joca viu uma coisa que o deixou satisfeito:

— Os instrumentos estão lá! — comentou baixinho para Beta.

O chefão, vestindo um blazer azul-marinho, usando óculos de lentes vermelhas e esfregando as mãos, esperava os convidados. O guarda apresentou os três:

— Estes são os músicos.

— Muito bem, muito bem! Poderrr ficar à vontade. O festa começarr daqui a pouco.

Aparentando tranquilidade, Joca, Beta e Jacaré subiram ao estrado. Havia uma bateria, uma guitarra e um baixo elétrico. Dois grandes amplificadores estavam nos cantos do pequeno palco. Joca resolveu explorar o ambiente:

— Preciso ir até a chave geral da eletricidade. Estes amplificadores são caríssimos e bastante sensíveis, qualquer irregularidade que cause variação na condução da corrente pode queimá-los.

O guarda consultou com o olhar o chefão, que concordou com a cabeça:

— Levarrr o rapaz até lá. Não querer dar prejuíza a ninguém!

O guarda fez sinal a Joca para que o acompanhasse. Voltaram a percorrer os corredores estreitos e foram sair na parte de trás da mansão. Joca procurou guardar na memória todo o caminho. Havia uma casinha cheia de geradores e um quadro repleto de alavancas. Uma delas, a maior, chamou a atenção de Joca. Bancando o entendido, murmurou para que o guarda ouvisse:

— Hum... 220 volts, corrente alternada, tá ok...

Joca deu-se por satisfeito e os dois retornaram ao salão. No caminho, percebeu que uma das portas do longo corredor era guardada por um homem. "Será que o Duda está preso aí?", pensou. Naquele momento, no entanto, não podia fazer nada. Resolveu aguardar os acontecimentos. A sala principal já começava a se encher de convidados. O chefão, com um copo de uísque na mão e sempre de óculos de lentes vermelhas, circulava entre os grupos, tendo ao lado a mulher ruiva, no estilo mais fatal do que nunca e coberta de joias. Ao ver que Joca voltava, ordenou:

— Poderr começar. Quererr música boa...

Joca ligou os amplificadores e sentou-se à bateria. Jacaré afinou a guitarra e Beta experimentou o baixo. Joca deu uma de líder:

— Vamos de Beatles, que não tem erro! "All My Loving"...

Jacaré — que era o melhor músico dos três — fez uma introdução no seu instrumento, Beta sustentou no baixo e Joca atacou o ritmo. Como não haviam ensaiado, alegaram um defeito nos fios e ganharam tempo, procurando o entrosamento. Felizmente os bandidos pareciam não ter bom ouvido e ninguém percebeu nada.

Fizeram acordes esparsos e, em pouco tempo, já tinham conseguido um som razoável. Em certas passagens, chegavam mesmo a arriscar um coro que, à medida que o tempo passava, ia melhorando. A festa começava a esquentar e alguns convidados invadiam a pista, dançando com seus pares. Eram, quase todos, sujeitos corpulentos e mal-encarados, meio sem jeito. E as mulheres, todas, pareciam réplicas da namorada do chefão, só que com joias mais simples. Eram cópias mesmo da outra. Beta ria consigo mesma e, de vez em quando, empunhava o microfone e dava uma de solista. Em certo momento, virou-se para trás:

— "As curvas da estrada de Santos"...

Jacaré achou a música muito antiquada, mas não discutiu. Os bandidos não reclamaram e a pista continuou congestionada de gente. Alguns guardas, vestidos de garçons, serviam bebidas e salgadinhos. Em pouco tempo, o pessoal já estava meio *alto*, a algazarra era tremenda. Em dado momento, o chefão subiu ao estrado e fez sinal para o conjunto parar. Tomou o microfone das mãos de Beta e pediu silêncio:

— Meus amigos, ter boas notícias parrra vocês!

Um murmurinho de satisfação percorreu o salão. O homem continuou:

— Nossos negócios estarr prosperando. Neste ano, em seis meses de atividades, nós faturar dez por cento a mais que *na* ano passado!

— Muito bem! — gritou alguém.

— Nossa organização se estender por mundo todo e poderr garantir que fim do mês nós estar operando também na África e no Oriente Médio!

— Bravo! Bravo! — Os bandidos batiam palmas.

O chefão assumiu um ar sério:

— Nós terr probleminhas de segurança, principalmente aqui no Angra de Reis. Eu poderr garantir que todas os providências estar tomadas e esses problemas não chegar a atrapalhar as negócios!

Jacaré, Beta e Joca se entreolharam. Embora o chefão não falasse claramente qual a natureza dos negócios a que se referia, eles sabiam muito bem do que se tratava. Joca comentou baixinho:

— O chefão não perde por esperar. Problemas de verdade ele vai ter daqui a pouco...

O homem descera do estrado, dando a ordem:

— Baile poderr continuar!

Beta comandou:

— "As curvas da estrada de Santos"...

Jacaré achou estranho:

— De novo? Isso é velho pra caramba!

— Vai por mim... Sei o que estou fazendo.

Não tinham ainda um plano definido para libertar Duda. Nem mesmo sabiam em que lugar da ilha ele estava. Joca já havia descoberto onde era a chave geral da luz, um detalhe que era de grande utilidade. Beta, no entanto, parecia estar preparando alguma coisa. Dez minutos depois, pediu novamente:

— "As curvas da estrada de Santos"...

Joca achou demais:

— Essa não! Assim é demais!

Beta fez-se de misteriosa:

— Sei muito bem o que estou fazendo, já disse. E chega! Vamos tocar de novo.

Na verdade, parecia que os convidados estavam gostando da música. Toda vez que era tocada, ficavam superanimados. Além disso, havia um sistema de luzes que acendiam e apagavam no ritmo da música. Um dos guardas, ao lado do estrado, comandava a aparelhagem. Joca o estimulava:

— Manda ver!

A namorada do chefão, a quem ele chamava de Baby, usava um vestido longo de cetim preto, decotadíssimo.

Parecia não estar aguentando o peso das joias exageradas. De copo na mão, dançava sozinha no meio do salão, como se estivesse em transe. De vez em quando pedia:

— Toca "Esse cara sou eu", do Roberto Carlos.

Evidentemente, ela havia bebido demais. Às vezes murmurava tristemente:

— Tão simpático, tão simpático...

Em certo momento, subiu ao estrado e pediu ao microfone:

— Vou cantar. Toca "Esse cara sou eu".

Jacaré fez a vontade dela, mas antes olhou para Beta e disse baixinho:

— Viu?! Você foi dar a ideia... agora, a gente vai ter de aguentar essa cafonice...

A ruiva já começava a cantar, mesmo sem música: *O herói esperado por toda mulher... Por você ele encara o perigo...* Os convidados iam parando para ouvi-la. Até que ela não desafinava. Cantava emocionada, quase chorando. Quando chegou ao final, não resistiu, caiu em prantos. Os bandidos aplaudiram:

— Muito bem! Muito bem!

O chefão, com seus estranhos óculos vermelhos, levara a namorada a sério, e estava radiante:

— Ser ela grrrande artista! Ela ter muito emoção.

Um bajulador concordou imediatamente:

— Que maravilha, chefe, ela precisa ser lançada...

Outro ajuntou:

— Vai fazer um grande sucesso!

A mulher, agora ainda mais transtornada, pediu:

— Querido, me deixa sair um pouco da festa. Vou lá dentro me recuperar. Volto logo. Estou exausta.

O chefão concordou:

— Claro, Baby, irr descansar um pouco. Mas voltarr logo.

Cumprimentada pelos bandidos e suas mulheres, a ruiva retirou-se, dizendo:

— Não foi nada, não foi nada...

Beta comandou outra vez:

— "As curvas da estrada de Santos".

Joca reclamou:

— Agora chega!

— Faz como eu estou dizendo, depois eu explico.

IX

Através da janelinha do cubículo, Duda percebera que alguma coisa estava acontecendo na ilha. De vez em quando, ouvia o ruído de um motor e, subindo no banquinho, via uma lancha encostando no embarcadouro. No começo da noite, já havia mais de uma dezena de embarcações. Olhando para baixo, o garoto notou que os guardas estavam vestindo roupa a rigor e que as aleias do jardim tinham sido decoradas. Havia um corre-corre, e Duda adivinhou que dali a pouco iria acontecer uma das festas de que falara Seu Marcos. Lá pelas nove da noite, ouviu de longe o som de uma banda que começava a tocar "All My Loving". "Engraçado", pensou, "esta voz me parece conhecida." De qualquer forma, como a porta era muito espessa, ele não conseguiu identificá-la. Algum tempo depois, sentiu que a chave girava na fechadura. Uma voz feminina, meio melosa, falou:

— Pode deixar que não há perigo.

Duda logo reconheceu a namorada do chefão. A porta se abriu e ela entrou em traje de noite, com um copo na mão:

— Você está bem?

— Como é que eu podia estar?

— É verdade, aqui faz tanto frio...

A ruiva fechou a porta atrás de si e sentou-se no banquinho. Duda percebeu que ela estava um pouco "alta". Do salão vinha o som de "As curvas da estrada de Santos", tocada pela décima vez.

— Linda música... — falou a mulher. — Você gosta de música?

A situação era meio estranha. De qualquer forma, representava um fato novo que — quem sabe — poderia ser aproveitado pelo garoto.

— Gosto muito, adoro... — respondeu Duda.

A ruiva voltara a falar:

— É a minha vida. Passo horas e horas ouvindo os discos do Roberto Carlos. Você não acreditaria, mas sou uma pessoa muito sensível. Qualquer coisinha me emociona. Infelizmente, sou obrigada a conviver com esta gente rude. Eles não me entendem. Ninguém me entende.

— Imagino... — interveio Duda. — Deve ser muito duro viver assim. Você sabe, também sou muito sensível. Tudo isso que está acontecendo comigo me estressa.

— Pobrezinho, tão simpático! É uma pena que um rapaz como você vá acabar tão mal...

Duda bateu com os nós dos dedos na madeira do banquinho:

— Isola!

— Desculpe, não queria magoá-lo. Mas quando o vi pela primeira vez senti uma coisa aqui dentro... você merecia destino melhor.

— Seu namorado não pensa assim — falou Duda, procurando encontrar uma brecha.

— Ele é um bruto, não me compreende.

A mulher começava a ficar emocionada. Duda percebeu que era o momento de fazer uma tentativa:

— Escuta aqui... como é mesmo seu nome?

— Pode me chamar de Jessica. Ou de Baby..

— Baby... combina mais com você... Escute aqui, Baby, será que você não dava um jeito de me tirar daqui? Quem sabe a gente ia embora junto e você deixava para sempre esse pessoal tão bruto?

A ruiva torceu as mãos:

— Você está louco! Ele me mata. É muito cruel.

O argumento era forte. Duda comentou, sem jeito:

— Não é bem assim. Olha, eu conheço um delegado, o doutor Fortal, ele dará toda a proteção a você.

— Não adianta, ele me pega em qualquer lugar do mundo. Você sabe, ele é louco por mim. Tenho pavor dele

A ruiva encolhia-se no canto, apavorada. A banda tocava mais uma vez "As curvas da estrada de Santos". A mulher agora parecia ausente, ouvia a música e ficava perdida em pensamentos. Duda recuou no seu ataque, avançara rápido demais:

— Linda melodia...

— Está errada... a garota está cantando fora do ritmo. Preste atenção.

Quando a mulher falou isso, e Duda fixou sua atenção na voz da garota que cantava, sentiu como se tivesse acendido uma luz em sua cabeça. E ele quase caiu para trás. Como fora idiota em não perceber! É claro que a voz era conhecida! Aquela era a música que ele tinha cantarolado para Beta, no início da viagem para Angra, quando a Kombi do Seu Edilson, com quem pegaram carona, entrou na BR-101. Depois de ela reclamar que a música era cafona, Duda dissera à namorada que, se um dia eles se perdessem na vida, cantaria essa música até ela voltar para ele. Era isso! Beta estava tentando se comunicar com ele: *Eu prefiro as curvas/ Da estrada de Santos/ Onde eu tento esquecer/ Um amor que eu tive/ E vi pelo espelho,/ Na distância se perder,/ Mas se o amor que eu perdi,/ Eu novamente encontrar../ As curvas se acabam/ E na estrada de Santos/ Não vou mais passar/ Não! Não vou mais passar...* Aquele era um código que a namorada usava para avisá-lo que estava por perto. E até agora ele não havia percebido! Que ela estava ali, tão próxima! Sem querer, um nome lhe escapou:

— Roberta!

A ruiva se sacudiu no banquinho:

— O quê?

Duda caiu em si:

— Nada, nada, estava pensando.

— Fala pra mim, adoro gente que pensa.

Era preciso pensar rápido e tirar o máximo proveito da situação. Duda levantou-se, foi até a parede oposta e fez um ar triste:

— É, é o fim mesmo...

— Coitadinho, não fique triste.

— Nunca mais vou poder ouvir minhas músicas preferidas... Nunca mais... — Duda se esforçava para ser convincente.

— Imagino como sofre. — A mulher se comovia. — Se eu pudesse fazer alguma coisa...

— Você disse que não tem escapatória pra mim... Mas se pelo mesmo eu pudesse ouvir minhas músicas preferidas pela última vez, mesmo daqui...

Aquela mulher não era uma pessoa muito inteligente — pelo contrário, estava à beira da imbecilidade. Além disso, havia bebido bastante. Assim, não desconfiou de nada. Jamais poderia imaginar que o garoto que estava ali à sua frente conhecesse os músicos do conjunto. Por isso, resolveu amenizar o seu sofrimento:

— Pode pedir as músicas que você quer ouvir, eu aviso a banda para tocar.

Duda, emocionado, segurou-lhe as mãos:

— Você faz isso por mim? Jura?!

Duda pediu lápis e papel para fazer a relação das músicas e a mulher mandou que o guarda que estava do outro lado da porta providenciasse. Ele achou que seria prudente permanecer no repertório de Roberto Carlos, para que a ruiva, que se declarara fã incondicional do cantor, não desistisse no meio do caminho de entregar o bilhete. E também seria um sinal para Beta de que ele tinha entendido a mensagem dela. Enquanto o guarda não voltava, teve de se esforçar para lembrar as letras das músicas que o Tio Aníbal escutava às alturas na casa de Beta, para desespero de todos. Logo depois, raciocinando a mil por hora, começou a escrever:

Caros músicos, gostaria de ouvir uma seleção de músicas de Roberto Carlos. Poderiam começar com aquela canção que diz: "você disse adeus, tudo terminou, na primeira vez". Em seguida, "Esse cara sou eu", gosto do trecho: "o cara que sempre te espera sorrindo, que abre a porta do carro quando você vem vindo". Depois a música "Como dois e dois". Finalmente, aquela que diz: "não importam os motivos da guerra, a paz ainda é mais importante que eles". Esta frase vive nos cabelos encaracolados das cucas maravilhosas, mas se perdeu no labirinto dos pensamentos poluídos pela falta de amor. Se quiserem, toquem também "Eu te amo"

A ruiva leu o bilhete e ficou surpreendida com a coincidência entre seu gosto musical e o do garoto. Ela adorava todas aquelas músicas, e, por isso, tinha um motivo a mais para entregar o bilhete à banda. Nem notou, no entanto, que Duda sublinhara algumas palavras. Mesmo que notasse não era suficientemente esperta para desconfiar. Comovida, despediu-se:

— Pode deixar que eles vão tocar as suas músicas... as nossas músicas. Eu vou pedir pessoalmente.

Duda, animado com a possibilidade de se comunicar com seus amigos, exagerou nos agradecimentos:

— Você é um anjo!

A mulher, emocionada, deu-lhe um selinho:

— Tão simpático... é uma pena...

"Vai agourar para outro lado!", pensou Duda. Mas a ruiva já havia chamado o guarda e a porta se fechava novamente, depois da saída dela. Duda sentou-se de costas para a parede, torcendo para que tudo desse certo:

— É agora ou nunca! — murmurou.

A namorada do chefão correu meio cambaleante para o salão. Subiu ao estrado dos músicos e chamou Beta:

— Toque estas músicas, por favor... É pedido de um rapaz muito simpático.

Beta pegou o bilhete e quase desmaiou: era a letra de Duda! Ele havia compreendido a mensagem dela! E respondera também usando músicas de Roberto Carlos como sinal! Disfarçando o melhor que pôde, comprometeu-se a tocar as canções pedidas. A ruiva ainda recomendou:

— Foi um rapaz maravilhoso que pediu... Temos o gosto musical parecido... São as nossas músicas...

Beta sentiu o sangue subir à cabeça. O que aquela perua estava pensando! "Simpático! Maravilhoso! Nossas músicas!" Ah! O Duda vai ter de me explicar isso direitinho... O momento, no entanto, não era para ter ciúmes. Controlando-se ao máximo, concordou:

— Pode deixar, *querida*. Vou providenciar.

Não pôde evitar, contudo, que o *querida* saísse na base do deboche. A ruiva olhou-a intrigada, sacudiu a cabeça, jogou os cabelos de lado e deu-lhe as costas em seguida. Beta foi até o fundo do palco e colocou o bilhete lá em cima da bateria. Os olhos de Joca quase saltaram fora das órbitas. Evidentemente, Duda queria dizer alguma coisa citando todas aquelas músicas. Ao mesmo tempo que tocava o instrumento, seu cérebro trabalhava freneticamente. Reviu as palavras sublinhadas: *primeira* e *porta*. Não havia dúvidas. Duda queria dizer "primeira porta". Em seguida, vinham as palavras *dois* e *labi into*. Joca esforçava-se ao máximo: "Labirinto dois" — também não queria dizer nada. De repente, um estalo: "Primeira porta, segundo corredor!" — e quase deu um grito. Faltava o "Eu te amo". Beta estava impaciente:

— Como é, já decifrou? — perguntou em voz baixa e nervosa.

— Um momentinho — respondeu Joca. — Estou pensando. Falta pouco.

O tempo passava. Joca não queria tomar nenhuma providência sem antes descobrir o que queria dizer a última parte da mensagem. Jacaré, posto a par da situação, também ficou nervoso:

— Anda logo, Joca! Você não diz que é um gênio?

O garoto suava. Além do esforço físico para tocar a bateria, sua cabeça dava mil voltas. Beta também se esforçava para cantar todas as canções pedidas, uma vez que, definitivamente, não eram músicas que curtia. Achava Roberto Carlos muito antiquado. E detestava quando o Tio Aníbal colocava seus discos para tocar no último volume, dizendo: "Essas, sim, são músicas lindíssimas, bonitíssimas, minha sobrinhíssima, amadíssima!" Nem sabia como Duda tinha sido capaz de decorar aquilo tudo. A sorte é que a ruiva havia se plantado na beira do palco e cantava com Beta, na verdade cantava muito mais do que Beta, que se limitava a fazer trejeitos como se realmente estivesse conduzindo o show. E os convidados a esta altura não estavam prestando muita atenção. No salão, falavam alto e davam gargalhadas, enquanto a fumaça dos seus charutos e cigarros tornava o ambiente pesado.

De repente, Joca viu uma coisa que o deixou aterrado:

— Você está louco, Jacaré!

Jacaré simplesmente sacara do bolso uma minúscula câmera fotográfica digital, pouco maior do que uma caixa de fósforos, e começava a fotografar. Para fazer uma reportagem, corria um risco desnecessário e punha em perigo todo o sucesso da operação. Joca falou novamente, com aspereza:

— Pare com isso!

O outro não prestava atenção. O instinto de repórter era maior do que a preocupação com a segurança. Apontava a câmera, escondida na palma da mão, para o chefão, para os convidados, para os guardas. Dificilmente conseguiria passar despercebido por muito tempo. Baixinho, murmurava:

— Que reportagem! Que reportagem!

De repente, houve um corre-corre no canto do palco. Joca se virou e viu dois guardas que galgavam rapidamente o degrau do estrado. Era tarde. Um deles deu uma chave de braço em Jacaré e o outro abriu-lhe a mão:

— Uma máquina fotográfica!

Joca e Beta pararam de tocar. Os convidados se agitaram. Atravessando o salão, o chefão gritava possesso:

— Prenderrr os três! Prenderrr os três! Malditos!

Joca não pensou mais. Ainda não havia decifrado a terceira parte da mensagem de Duda, mas não havia mais tempo a perder. Pegou uma baqueta e enfiou violentamente o cabo de metal pela parte de trás de um dos amplificadores. Houve um ruído de válvulas estourando, um relâmpago azul e um curto-circuito. As luzes se apagaram. Joca tomou Beta pela mão, no escuro:

— Vem comigo. Agora é tudo ou nada!

X

— Então o senhor é o responsável pelo acidente!

O delegado Fortal estava furioso. Com as mãos nas costas andava de um lado para outro na pequena sala da delegacia de Angra dos Reis. À sua frente, sentado num banco comprido, um homem gordo e de bigodinho fino abaixava a cabeça, envergonhado.

— E você, também estava na Kombi? — berrava o delegado.

Um rapaz franzino, calçando botinas enormes, assentiu com a cabeça. O policial voltava a inquirir:

— E não fez nada para que este imbecil não deixasse o carro completamente apagado no meio da estrada?

— Eu bem que falei — respondeu timidamente o rapaz —, mas ele disse que as luzes acesas iam dar prego na bateria...

— Que vergonha! Um jovem muito mais consciente do que um velho motorista de estrada! O senhor sabia que poderia ter provocado a minha morte e a de meu auxiliar? Além de outros acidentes?

O motorista fez que sim com a cabeça, sentindo-se arrasado. O delegado prosseguiu:

— Pois saiba que será processado. Eu mesmo me encarregarei pessoalmente do caso, para que todas as penas da lei sejam aplicadas com rigor!

Neste instante, o detetive Bastos, ajudante do delegado, entrou agitado:

— *Data venia*, doutor...

O delegado Fortal estava atacado:

— Cale a boca, não está vendo que estou ocupado?! Faça entrar a garotada que foi detida! Tenho que resolver o caso do desaparecimento do rapaz de Campo Grande imediatamente!

Uns vinte garotos, entre 15 e 18 anos, entraram ressabiados na pequena sala. Todos tinham os cabelos cortados de maneira esquisita, arrepiados pra cima com gel, usavam brincos que alargavam o lóbulo de suas orelhas e piercings no nariz, na boca, nas sobrancelhas, e a maioria tinha alguma tatuagem. O delegado sentou-se à mesa:

— Avance o primeiro! Nome, endereço, idade e documentos!

— Se me permite, doutor delegado...

— Quieto!

Um a um os garotos foram desfilando diante da mesa. O delegado anotava tudo e perguntava se tinham visto Joca, Duda e Beta. Evidentemente, a resposta era sempre negativa. O motorista da Kombi ficara esquecido num canto. O rapaz de botinas enormes assistia a tudo com os olhos arregalados. Percebia, pelas perguntas do delegado, que ele queria encontrar a turma que pedira carona na Kombi das galinhas. Fortal já havia interrogado todos os garotos. Aproveitou para fazer uma preleção, antes de liberá-los:

— Sei de muitos delegados que teriam mandado raspar a cabeça de vocês... No entanto, acho que não se mede o caráter de uma pessoa pelo cabelo nem pelos brincos...

Um dos garotos falou baixinho:

— Ihhh... lá vem sermão!

— Eu mesmo tenho filhos e compreendo que eles tenham hábitos diferentes dos meus. São meninos estudiosos e só me dão alegrias...

— Agora começou a apelar... — falou outro.

O delegado terminava:

— Meus filhos, podem ir então. Peço apenas que se tiverem notícia de José Carlos Torres Pereira, vulgo Joca, me comuniquem imediatamente. Há uma mãe aflita esperando por ele!

— Pode deixar, delegado — falaram os garotos em coro.

Depois que todos se retiraram, Fortal resolveu dar atenção a seu auxiliar:

— Então, Bastos, você queria falar comigo?

— Sim, senhor, é exatamente sobre este rapaz, o Joca...

O delegado deu um soco na mesa:

— Por que não falou antes?! Desembuche logo!

Bastos balançou a cabeça e apoiou-se na parede. O tornozelo torcido ainda lhe doía:

— Aí fora está um pescador que diz ter informações sobre o rapaz e seus amigos. Contou uma história estranha sobre uma ilha cheia de contrabandistas. Se ele não está mentindo...

— Mande entrar imediatamente!

Seu Marcos entrou na sala, com o chapéu de palha na mão. Depois de deixar Joca, Beta e Jacaré na ilha, voltara à Prainha. Havia assumido o compromisso de esperar até a manhã do dia seguinte. No entanto, preocupado com a gravidade da enrascada em que os garotos tinham se metido, resolvera romper com o que havia combinado e decidira avisar a polícia. O delegado tomou um ar grave:

— Fale, conte tudo o que sabe...

Seu Marcos contou toda a história. Falou na pescaria, no enguiço do motor de sua lancha, na noite passada na ilha dos contrabandistas, na explosão do barco dos bandidos. Disse que Duda havia sido preso por eles, relatou o plano de seus amigos para soltá-lo. O delegado ouvia superinteressado. O mesmo fazia o rapaz de pés enormes, esquecido por todos num canto da sala, com o motorista da Kombi, que por sinal havia indicado o pescador à turma de Duda. Quando Seu Marcos terminou seu relato, o delegado bateu com a mão na mesa:

— Fantástico!

Bastos estava orgulhoso por ter resolvido (ou ajudado a resolver) o problema. Ele fazia um curso de direito e esperava ser promovido mais tarde a comissário. Arriscou uma pergunta:

— Então, doutor? Gostou do meu trabalho?

— Muito bem, Bastos! Sempre confiei em sua inteligência! Agora, no entanto, chegou o momento de agir. Avise da nossa descoberta ao titular desta delegacia, ele deve estar na sala dele, aqui ao lado, e peça que se comunique com a Capitania dos Portos, que lá eles cuidarão de acionar a Polícia Federal. Vamos para a tal ilha.

Logo depois, a diligência estava organizada. Três lanchas poderosas e velozes, cheias de homens bem armados, preparavam-se para partir. Numa delas, Fortal dividia o comando das operações com o delegado de Angra e o chefe da delegacia da Capitania dos Portos na região. Era uma operação conjunta, como explicara o delegado ao seu auxiliar. Em meio à escuridão, as embarcações desatracaram. Já haviam navegado uns dez minutos, quando Bastos chegou agitado:

— Doutor Fortal, um clandestino!

— O quê?! Num barco da polícia?!

O detetive parecia embaraçado:

— É aquele rapaz, o ajudante da Kombi que provocou o desastre na estrada... não sei como ele conseguiu entrar na lancha...

— Traga-o já!

Tião Botina apareceu assustado. O delegado encarou-o, feroz:

— Como se explica isso? O que você veio fazer aqui?

O rapaz abaixou a cabeça:

— Duda, Beta e Joca são meus amigos, fiquei preocupado...

Na verdade, ele exagerava. Havia conhecido os três quando pediram carona e convivera com eles apenas por algumas horas. Sentira-se fascinado, no entanto, pela vida que eles levavam, mais livre do que a dele. Acostumado a trabalhar desde cedo, não tivera oportunidade de participar das emoções dos jovens da sua idade. Esquecido no canto da delegacia, presenciara toda a conversa entre o delegado e o seu auxiliar. Ao ouvir falar em Duda, Joca e Beta, sentiu dentro de si o espírito de aventura. Daí para a frente, foi só seguir a caravana policial e entrar numa das lanchas num momento de distração dos guardas.

— Muito bem... — O delegado coçava o queixo. — Não podemos voltar agora para desembarcá-lo. Você fica, depois ajustaremos contas. De qualquer forma, tenha muito juízo. Se houver briga, vá lá para dentro e espere acabar a confusão.

Os olhos de Tião Botina brilharam:

— Pode deixar, doutor... eu saberei me proteger.

Por dentro, no entanto, estava louco para que realmente acontecesse uma briga qualquer, e faria tudo para participar dela. Quem sabe assim Duda e seus amigos passassem a vê-lo com simpatia?

As três lanchas, lado a lado, cortavam o mar velozmente. A noite estava fria e a espuma levantada pelas hélices fustigava o rosto do delegado Fortal.

Preocupava-o o pensamento de que Jacaré estivesse na ilha. Se não chegasse a tempo, os garotos poderiam desbaratar sozinhos a quadrilha. Fortal sabia que Duda e seus amigos eram capazes. Sem dúvida eram audazes e corajosos. Além disso, tinham aquela dose de valentia da juventude que os fazia enfrentar o perigo sem pensar nos riscos que corriam. Além disso, já se afeiçoara à turma de Duda, Jacaré & Cia., e não gostaria que eles sofressem qualquer coisa. Embora um pouco atrevidos e debochados, eram simpáticos. O delegado virou-se para trás e dali mesmo, da proa onde se encontrava, gritou para o timoneiro:

— A toda força! Temos que salvar esses garotos!

XI

— É tudo ou nada! Quando Joca provocou o curto-circuito, as luzes se apagaram. Jacaré tentava livrar-se dos guardas que o surpreenderam fotografando. Os convidados sacavam de suas armas e corriam afobados pelo salão. Guardas surgiam de toda parte. O chefão, furioso, dava ordens desencontradas. Tomando Beta pela mão, Joca arrastou-a pelo meio da balbúrdia:

— Vem comigo, agora é tudo ou nada!

Aos trancos, atravessaram o salão e entraram pelo segundo corredor, como avisara Duda na mensagem cifrada. A escuridão era tremenda. De longe, ainda ouviam a voz do chefão berrando possesso:

— Trocarrr os fusíveis! Trocarr depressa os fusíveis!

Joca encostou Beta num vão da parede e ordenou:

— Espera aqui, não saia de jeito nenhum!

Rapidamente, tateando, correu para o fundo da casa. Em três pulos alcançou o alpendre onde estavam os geradores. Abriu a porta, desligou a chave geral e deu-lhe um tremendo pontapé, deixando-a completamente torta. Assim não haveria perigo de a luz voltar tão cedo, mesmo que os bandidos trocassem os fusíveis. Uma multidão de guardas aflitos já chegava. Esgueirando-se no escuro, Joca voltou ao lugar onde estava Beta. Esta se encolhia num canto, escondendo-se dos bandidos que corriam atarantados pelos corredores.

— Primeira porta! — gritou Joca.

Correram até o fim do corredor. Havia um guarda com uma lanterna na mão. O foco incidiu diretamente em cima de Beta.

— Pare! — gritou o bandido apontando um Taurus .38.

Joca não lhe deu tempo. Abaixando-se, passou-lhe uma rasteira. O bandido perdeu o equilíbrio e apoiou-se na parede, largando o revólver. Joca apanhou a arma:

— De costas, contra a parede!

O sujeito obedeceu, atemorizado. Joca resolveu fazer como vira muitas vezes no cinema, torcendo para que tudo funcionasse. Erguendo o mais que pôde as duas mãos, vibrou-lhe uma violenta coronhada no alto da cabeça:

— Tem que ser assim, ó cara.

O guarda desabou pesadamente. Beta falou:

— Acho que foi forte demais.

— Daqui a pouco ele acorda — Joca já revistara os bolsos do homem. Descobriu um molho de chaves:

— Aquela porta ali!

Meteu uma das chaves na fechadura. Surpreendentemente, a porta se abriu sem esforço. Beta iluminou o interior do cubículo com a lanterna que tomara do guarda:

— Não tem ninguém!

Na pequena peça, havia apenas um banquinho virado num canto e uma bandeja cheia de comida emborcada no chão. Joca exclamou, atônito:

— Não é possível! Duda disse: *primeira porta, segundo corredor*!

— Essa não! — gritou ela.

Não podiam demorar muito tempo ali. Voltaram ao corredor, para ver se havia outra porta. Beta apagara a lanterna para poderem correr melhor no meio dos bandidos que iam e vinham gritando ordens. De repente, levou um encontrão violentíssimo.

— Ai! — gemeu uma voz conhecida.

— Duda! — gritou Beta.

Os dois haviam caído, um para cada lado. Tateando, encontraram as mãos um do outro. Joca, de pé, apanhara a lanterna e ligou-a por um instante:

— Beta!

— Duda!

— Joca!

Apesar da precariedade da situação, Beta e Duda se abraçaram. Joca se impacientava:

— Vamos deixar isso para depois! O negócio agora é soltar o Jacaré e fugir!

Duda a partir de agora iria assumir o comando da situação. Viu a lanterna na mão de Joca e a apanhou. Havia tido uma ideia:

— Onde é que está o Jacaré? Está preso?

— Está sim, lá no salão principal! Ele fez uma besteira!

— Vamos lá!

Saíram correndo de mãos dadas pelo meio dos corredores escuros, topando aqui e ali com gente que passava apressada:

— Foram lá para trás! — gritava Duda, engrossando a voz.

E assim conseguia despistar os seus perseguidores.

Desembocaram no salão. A confusão era tremenda. O chefão berrava descontrolado:

— Prrrenderrr os rapazes, eu mesmo querer liquidar eles!

Guiando-se pela voz do homem, Duda ordenou:

— Por aqui!

A voz estava cada vez mais próxima. Dando encontrões a toda hora, chegaram perto do chefão. Duda aproximou-se por trás e, pelo tato, colocou a mão na altura do rosto do homem e arrancou-lhe os óculos:

— Meus óculos! — berrou o chefão desesperado.

Mas Duda já comandava a situação. Disse em voz baixa:

— Tenho uma lanterna e os seus óculos. Se vacilar, acendo o foco em cima dos seus olhos e você fica cego num instante!

— Non, non! — implorou o homem.

— Silêncio, então! E mande soltar o Jacaré!

— Jacarré? O que ser Jacarré?

— Sabe muito bem. É o cara que está preso.

O sujeito alteou a voz sobre o vozerio do salão às escuras:

— Quem estar falando é o chefe! Trazer até mim o rapaz que ser preso há pouco com o máquina fotográfico!

Dois guardas logo apareceram trazendo Jacaré:

— Me solta! Eu sou da Imprensa!

O chefão comandou:

— Poder soltarrr!

— Vem cá para o meu lado, Jacaré! — gritou Duda.

— Duda! Você conseguiu escapar!

— Depois eu explico.

E, encostando a lanterna apagada no rosto do chefão:

— Vamos sair daqui! Se vacilar eu acendo a lanterna!

— Isso não poderr ficar assim! — falou o sujeito.

— Depois a gente vê, agora vamos embora! — comandou Duda.

Saíram em fila, abrindo caminho entre os bandidos e guardas. De vez em quando, o chefão falava:

— Sair do frente, sou eu!

Atravessaram outros corredores e chegaram ao jardim:

— Para o embarcadouro! — ordenou Duda.

Rapidamente, alcançaram o mato, entraram pela trilha e atingiram o pequeno cais. Ali, havia pelo menos umas vinte lanchas atracadas. Alguns guardas conversavam agitados, tentando descobrir o que acontecia na casa. A falta de luz deixava-os preocupados. Na semiescuridão, no entanto, puderam perceber a chegada do chefe escoltado por Duda e seus amigos. Alguns deles fizeram menção de sacar as armas. O chefão deu ordens:

— Ficarr quietos, todos vocês! Estarr correndo grande perigo! Deixar nós passar!

Os cinco entraram na lancha mais próxima. Os guardas, surpresos, não sabiam o que fazer. Duda perguntou a Joca:

— Sabe pilotar?

— A gente dá um jeito...

Joca começou a mexer nos manetes que prendiam a embarcação ao cais. Empunhando o timão, controlou o barco e deu velocidade, logo empinando a proa. Começaram a se afastar. Em pouco tempo, o embarcadouro já estava a certa distância. De repente, no entanto, ouviram o ruído de um motor sendo ligado. Os bandidos partiam em outra lancha para persegui-los. Duda ordenou:

— Pisa fundo!

Já estavam na velocidade máxima. Joca não tinha muita certeza da direção a tomar. Confiando no instinto, apontou para o que imaginou ser a entrada da baía de Angra. De longe, viam-se as luzes da cidade. Dali a pouco iria amanhecer. Beta estava curiosa para saber como Duda escapara e por que não o encontraram no cubículo. O garoto também queria que os amigos contassem tudo o que acontecera desde o momento em que fora preso pelos bandidos. O ruído de uma lancha que se aproximava, no entanto, mostrou que ainda não era tempo para conversas:

— Está chegando mais perto! — gritou Duda. — Corre mais, Joca!

— Não dá, já estou na máxima! Este troço pode explodir!

As duas lanchas eram ultravelozes. Embora a diferença de potência fosse pequena, dali a algum tempo os rapazes seriam alcançados. Durante dez minutos correram como loucos pela superfície calma do mar. Em pouco tempo, as lanchas já estavam a menos de 50 metros uma da outra. Evidentemente, os bandidos evitaram atirar para não ferir o chefe. No entanto, não sabiam que ele corria o risco de ficar cego pela lanterna. Caso contrário, não insistiriam na perseguição. E o pior é que não podiam ser avisados por causa do barulho ensurdecedor dos motores no máximo das rotações. A distância, agora, não era maior que 20 metros. Mesmo na semiescuridão, dava para ver o casco branco e ameaçador do barco dos bandidos. Joca começou a dar guinadas rápidas no timão, fazendo a lancha escorregar perigosamente. Os outros o seguiam colados.

— Manda ver! — gritou Duda, ansioso.

Joca virava a roda do leme de um extremo ao outro:

— Estou fazendo o que posso!

O perigo de colisão era enorme. Os dois barcos às vezes passavam a menos de meio metro um do outro. Certamente os bandidos tentavam apavorá-los para forçar uma parada. Beta se agarrava aflita ao braço do namorado. Duda mantinha a lanterna apagada, mas colada ao rosto do chefão. Este gritava inutilmente para a outra lancha:

— Parrarr! Parrarr!

Ninguém o ouvia. À frente, havia duas pequenas ilhotas de, no máximo, 3 metros de diâmetro cada uma. Entre elas, uma passagem que dava justamente para a lancha onde estava a turma de Duda. De cada lado, sobrariam talvez uns 30 centímetros, se tanto. Joca embicou para lá. Os bandidos aproximavam-se. Meio cego pela água que se levantava da proa, controlando a cus,o a embarcação que oscilava violentamente, ele segurou com firmeza o timão:

— Tem que dar!

Se passassem, havia a possibilidade de que a lancha dos bandidos, quase colada à da frente, ficasse presa entre as ilhotas ou colidisse com uma delas. Aí estariam a salvo. Caso contrário, dificilmente escapariam com vida. Faltavam apenas 10 metros. Beta abraçou-se a Duda. Jacaré se agarrou à borda. Joca cerrou os dentes e os olhos:

— É agora!

Chegaram a pensar que tinham ultrapassado o obstáculo. Metade da lancha já estava do outro lado quando ouviu-se um terrível ruído de metal se rasgando. E um sacolejão violentíssimo mostrou que tinham falhado. Duda e Beta foram jogados para um lado. O chefão caiu para outro. A lanterna escapou das mãos de Duda e rolou para o fundo da embarcação. Joca saiu por cima do para-brisa e foi bater de costas na proa. O casco se abrira e a água começava a brotar. Estavam entalados e indefesos. Os bandidos haviam conseguido evitar a batida no último momento e, fazendo a volta, aproximavam-se rapidamente. Em segundos iriam encostar. Ainda meio tonto, Duda procurou a lanterna. Nada. Pelo ruído do barco, percebeu que os inimigos estavam abordando. O chefão gritava:

— Vir deprressa! Vir deprressa!

Duda levantou a cabeça para ver como estava a situação. Um tremendo sopapo no meio da testa jogou-o no chão novamente. Com força insuspeita, o chefão pulava sobre ele. Completamente grogue, o garoto não pôde impedir que o homem montasse nele, apertando fortemente seu pescoço. De onde estava, não podia ver nem Joca, nem Beta, nem Jacaré. Sentiu que a lancha era invadida pelos bandidos. Ouviu Beta protestando:

— Me deixa!

A pressão no seu pescoço era cada vez maior. O chefão ia estrangulá-lo! Começou a perder as forças. Ainda tentou debater-se, mas não conseguiu se livrar das garras que o apertavam. Meio desmaiado, julgou ouvir um barulho esquisito, como o de muitas lanchas. Com a mente enevoada, pensou: "Estou delirando!" Desesperado, viu que não havia nenhuma saída, o homem era muito mais forte do que imaginara. Enquanto tudo escurecia, as imagens de seu pai, sua mãe e de Beta misturavam-se em sua cabeça.

XII

Subitamente, a pressão desapareceu por completo. Sentiu-se leve e pressentiu que o chefão não mais o apertava. Respirou fundo e melhor. Apoiando-se na borda do barco, encharcado pela água que invadia seu interior, conseguiu levantar a cabeça. Havia mais três lanchas paradas ao lado. De uma delas pulavam homens armados. Por cima dele, passaram voando duas botinas enormes que foram parar no estômago do chefão que — só agora ele percebia — estava à sua frente, em atitude de defesa. Dentro das botas, um garoto magrinho e ágil, gritando:

— Larga ele!

Com o golpe violento e inesperado, o homem caiu ao lado de Duda. Este, já um pouco refeito e enraivecido pelo mau pedaço que passara há pouco, pulou sobre o chefão:

— Agora é a minha vez!

— Pode deixar! — gritou uma voz conhecida.

Duda não queria saber de nada. Segurando o colarinho do chefão, apertava o pescoço dele sem dó. Não queria matá-lo, apenas mostrar como aquilo doía. Duas mãos fortes, no entanto, o puxaram para trás.

— Pode largar, está tudo acabado...

— Delegado Fortal! — gritou Duda, espantado.

O ruído de alguma coisa caindo na água mostrou que Jacaré havia jogado um dos bandidos para fora da embarcação. Um dos policiais lançou uma boia e o recolheu. Beta, que estava com o braço torcido às costas, foi logo solta. Fortal comandava:

— Todos com as mãos na cabeça! Bastos, reviste um por um!

O garoto franzino, no entanto, não queria parar:

— Seus vagabundos! — E distribuía botinadas nas canelas dos bandidos.

Duda sorriu ao reconhecê-lo:

— Tião Botina, você por aqui!

Só aí ele parou. Os dois garotos se olharam. Beta correu e se abraçou a Duda:

— Tá doendo?

Ele bancou o durão:

— Não é nada, dá para aguentar...

Jacaré exultava:

— Que reportagem, que reportagem! Estou feito mais uma vez!

O delegado olhou feio para ele:

— Depois a gente conversa. — E, virando-se para Duda: — Vamos sair daqui que em breve esta lancha vai afundar.

Só então ele percebeu que já estavam com água pela metade das pernas. Começava a amanhecer. O chefão, contido por dois policiais, implorava:

— Meus óculos, porr favorrr...

Duda ficou com pena. Ao vê-lo assim indefeso, esqueceu o que ele lhe fizera há pouco. Beta pedia:

— Duda... entrega os óculos pra ele...

O garoto remexeu os bolsos. Encontrou os óculos de lentes vermelhas e entregou-os ao bandido:

— Toma aí.

Joca protestou:

— Por mim...

A água já atingia quase a cintura. Fortal comandou:

— Todos para minha lancha!

Ainda faltava tomar de assalto a ilha dos contrabandistas. Pelo rádio, o delegado pediu reforço. Duda queria participar da operação. Mas Fortal ordenou que eles fossem levados para Angra numa das lanchas. Jacaré reclamou:

— Essa não! Eu vou junto, a Imprensa tem o dever de informar!

Dois guardas parrudos, no entanto, já os levavam para outra embarcação. Tião Botina foi atrás. Explicaram ao delegado que o chefão dos bandidos não podia ficar sem óculos diante da luz, ou ficaria cego. Fortal agradeceu:

— A informação é valiosa e evitará mais brigas.

Despediram-se, voltariam a se encontrar no Rio. Duda desejou boa sorte ao delegado. Este ficaria esperando os reforços para completar a operação. A lancha tomou a direção de Angra, desta vez, definitivamente. Beta queria saber como o namorado conseguira sair do cubículo onde estivera preso. Duda contou tudo o que lhe acontecera na ilha, desde o momento em que os bandidos o apanharam na praia. Finalmente, chegou ao ponto que interessava a todos:

— Quando a luz se apagou, tinham acabado de abrir a porta para me servir o jantar. Aproveitei a situação, dei um tranco no guarda e me mandei pelo corredor. Como estava escuro, não encontrava a saída e acabei esbarrando em Beta. E vocês, como conseguiram entrar na ilha?

Foi a vez de Beta e Joca contarem todas as peripécias daquela aventura. Tião Botina a tudo ouvia, fascinado. Sentia-se orgulhoso por ter desempenhado um papel na história, embora só na parte final. Relatou também a sua versão do caso. Todos riram quando souberam do acidente do delegado Fortal com a Kombi das galinhas. Duda comentou:

— Até que estou começando a gostar dele. Beta, que tal se a gente convidasse o delegado para padrinho do nosso casamento?

— Falta tanto tempo ainda! — respondeu a garota.

Joca deu um pulo:

— Epa!

Mesmo assim Beta resolveu discutir o assunto:

— É uma proposta?

— Sim... é uma proposta... nós vamos nos casar mesmo, um dia...

Beta virou o rosto para o lado do mar, dando as costas a ele:

— Vou estudar o assunto. De qualquer forma, vai depender muito do seu comportamento nos próximos anos. Se você se tornar um homem sério, se abandonar esta mania de se meter em aventuras, se completar a faculdade e arranjar um bom emprego, quem sabe...

Joca riu:

— As mulheres são mais práticas do que os homens...

Jacaré debochou:

— Vocês estão ficando caretas!

Em pouco tempo chegaram à Prainha. Os amigos se despediram dos tripulantes da lancha e foram à barraca preparar a volta. Jacaré procurou Seu Marcos e lhe deu uma boa gratificação. Afinal, ele os ajudara bastante. Chegara a hora mais difícil, a despedida de Tião Botina.

Duda, Beta, Joca e Jacaré evitaram o assunto até o último momento. Já estavam dentro do jipe:

— Até logo, Tião Botina, um dia a gente se encontra de novo... — falou Duda, desviando olhar.

Beta rabiscou o endereço deles no Rio e entregou a Tião pela janela do carro. Jacaré deu logo a partida, sentia que a situação estava intolerável.

— Procura a gente no Rio! — gritou Beta, já de longe.

Afastaram-se e não quiseram olhar para trás. Com as mãos nos bolsos, chutando a areia com suas enormes botinas, Tião saiu andando pela praia quase deserta àquela hora.

No dia seguinte, já no Rio, depois de tomarem um banho e descansarem bastante, encontraram-se na lanchonete preferida da garotada carioca, que ficava num shopping da Barra, bem perto do condomínio onde Duda e Beta moravam.

Duda, Joca e Beta pediram refrigerantes. Jacaré, que já era maior de idade, engrossou a voz:

— Me dá um chope duplo!

O seu jornal dera edição extra na internet, fartamente ilustrada com as fotos que ele tirara com sua minúscula câmera digital. No último momento, ainda na ilha, conseguira recuperá-la da mão de um dos guardas que o prendia. O delegado Fortal conseguira dominar a quadrilha sem disparar um tiro, usando o mesmo estratagema de Duda: ameaçava tirar os óculos de lentes vermelhas do chefão a cada tentativa de reação do lado dos bandidos. O policial estava radiante e dera várias entrevistas. Beta comentou que ele não se entusiasmara com a atuação dos quatro amigos na aventura. Ninguém se importou muito, já estavam acostumados. Beta, no entanto, estava com uma coisa atravessada na garganta:

— Duda, que história é essa de ficar dando bola para a tal Jessica, Baby... sei lá o nome daquela perua do chefão?

O rapaz contra-atacou:

— Aliás, eu também tenho contas a ajustar com você. E o tal Dinho da banda Os Pássaros?

Beta olhou furiosa para Joca:

— Você contou?!

O outro, porém, dava um tapa na testa:

— Puxa! Me esqueci! Os caras ficaram abandonados na ilha deserta!

Jacaré interveio:

— Nada disso. Quando dei a gratificação a Seu Marcos, pedi que fosse buscá-los... Foi recomendação da Beta...

— Cretino! — exclamou a menina.

Joca, no entanto, ainda tinha algo a esclarecer:

— Duda, me diz uma coisa: naquela mensagem que você mandou, pedindo as músicas, ficou uma parte para decifrar. *Primeira porta, segundo corredor*, isso foi fácil. Mas não entendi quando você pediu "Eu te amo".

Duda fingiu que estava aborrecido:

— Nada não. Você sabe, ali sozinho, preso, fiquei com as ideias prejudicadas.

— Tá... mas fala o que era.

— Ora, "Eu te amo" queria dizer eu te amo. Eu sabia que a Beta ia ler o bilhete...

Beta debruçou-se sobre a mesa e, ali mesmo, na frente de todos, deu-lhe um beijo. Joca e Jacaré olharam um para o outro:

— Vamos indo... a gente está sobrando aqui.

Este livro foi composto na tipologia ITC Century Std,
em corpo 11/18,4, e impresso em papel off-white
no Sistema Cameron da Divisão Gráfica
da Distribuidora Record.